再会长江

THE YANGTZE RIVER

和之梦 著

罗建华 撰稿

长江出版社
CHANGJIANG PRESS

再会长江
THE YANGTZE RIVER

序言

竹内亮

"导演竹内亮是谁?"这是普通日本人的反应。

"我知道竹内亮,我看过他的作品!"这是普通在日华人的反应。

如果大家身边有在日华人的话,请一定要问问他们,肯定有相当多的人知道我的名字。

作为住在中国的日本纪录片导演,近十年我一直在中国工作。

在此期间,我拍出了好几部大热作品,也获得了许多中国知名奖项,

序言

在社交网络上成为了全网粉丝总数超1000万的名人。

然而，我在日本却是无名的。

日本导演在戛纳和威尼斯电影节上获奖会成为新闻，但在中国获奖一般没有人会关注。

是因为中国电影的水平低吗？我认为绝非如此。

在过去的10年里，我一直在中国影像行业的最前线奋斗。在我看来，中国的影像技术水平提升得非常快，在某些方面甚至超过了日本。

当然，我并不是要跟戛纳获奖的导演相提并论。

我只是想说，不要轻视中国影像行业。

这次，我拍摄的纪录片《再会长江》在角川公司（KADOKAWA）的协助下，将作为"外国电影"在日本全国上映。

这部作品在中国大受欢迎，但能否受到日本人的喜欢，还是一个未知数。

如果大家看了《再会长江》后觉得"什么啊，中国就这水平啊"，那一定是误会了。这是因为我自己的水平低，绝对不是中国影像行业水平低……

我先给自己找个退路，因为在从未看过中国纪录片的朋友看来，这个作品可能就成了中国纪录片的代表，所以请各位无论如何都要手下留情。

《再会长江》诞生的契机

2011 年，我还在日本做电视导演时，在日本放送协会（简称"NHK"）拍摄制作了一部名为《长江天地大纪行》的纪录片。

这部大型纪录片拍摄制作历时一年半，共 3 集，每集 90 分钟。它记录了从长江源头所在的青藏高原到上海长江入海口这一段长达 6300 公里的旅途，描绘了长江流域沿岸民众的生活现状。

幸运的是，这部作品的收视率和反响都很好，并发行了 DVD。但对我个人来说，这是一部不尽如人意的作品。

因为当时我不会说中文，无法直接和主人公们交流。

而且，由于我当时生活在日本，所以对于中国人的生活方式和价值观缺乏深入的了解，采访内容流于表面。

"我想多学点中文。""我想更深入地了解中国。"这些想法在我心中日益强烈。

最终，在《长江天地大纪行》播出后，我向妻子提出："我想辞掉工作，全家搬到中国去。"

但是……我的妻子表示强烈反对："明明在日本有安定的生活，为什么要抛下一切去中国呢？"

经过两年的劝说，妻子在看到了我的坚定意志后，勉强同意了全家搬到中国。

2013 年，我们全家移居到了中国。

直到现在，我仍在心里感谢我的妻子。

10 年过去了，我学会了中文，在中国的工作也开始步入正轨。

某一天，我向妻子提出了一个提议："我想再拍一次 6300 公里的长江。"

序言

拍摄《再会长江》的理由

《再会长江》这部纪录片讲述了前面提到的《长江天地大纪行》中主人公们这10年间的变化。

透过一条江，看中国这十年的变化：货船船长沿着水墨画般的"三峡"、"三峡大坝"和"赤壁"航行；在长江水源城市中，至今仍在延续由女性领导的母系社会的"女儿国"；在"理想国"香格里拉遇到的美少女茨姆的后续故事，等等。

整部作品拍摄的时间跨度为2021年到2023年，其间最大的困难就是与新冠疫情作斗争。众所周知，当时中国实行了严格的疫情管控政策，只要出现一个感染者，就会禁止接触相关街道社区。外景拍摄也经常突然中止。然而，有失必有得，正是因为疫情暂停了人们的活动，我们才拍摄到了正常情况下绝对拍不到的镜头。

平时人山人海的长江景点空无一人，我们拍到了长江这条永恒大河几千年前的原始风貌。

此外，疫情带给这部电影的另一个好处，那就是"吸引力"。

2023年5月，《再会长江》在东京举行了为期一周的试映会。出乎意料的是，试映会盛况空前，最后一天的两场放映都是满员，最终上座率接近70%。

我有生以来第一次见到电影院100%满座的

场面，我做梦也没想到，这个目标竟然是用我自己制作的电影达成的。

如此小众的中国题材的纪录片作品，为什么会如此地受到欢迎呢？

我想这正是前面提到的受疫情影响的原因。

这次的主要观众是在日华人和喜欢中国的日本人，他们在2020年到2023年期间，由于疫情原因无法前往中国。

在这种情况下，突然出现了这部《再会长江》，对他们来说，这是久违了的"迷人的中国"。

因为在这3年中，日本电视台播放的中国内容都是批评性的负面报道。

过去，曾有许多展示中国魅力的节目，如《丝绸之路》《中国铁道大纪行》等，但随着中日关系日趋紧张，这样的作品完全消失了。

我在中国生活了10年，我可以肯定地说："中国有很多好的地方，也有一些不好的地方，但是日本民众只知道不好的地方。"

正因如此，我希望大家能通过《再会长江》了解真实的中国。

中国距离日本只有两个小时的飞行距离，日本民众却不了解这个有趣的国家，那可真是太可惜了。这就是我制作这部电影的最大的原因。

我非常期待大家的"好评"，请大家阅读完本书后，一定要去电影院观看《再会长江》这部电影。

竹内亮

まえがき

竹内 亮
（Ryo Takeuchi）

「監督の竹内亮って誰だよ？」これは、普通の日本人の反応です。

「もちろん知ってる、作品観たことある！」これが、普通の在日中国人の反応です。

皆さんの周りに中国人がいたら、是非聞いてみてください。きっとかなりの人が私の名前を知っているはずです。

私は中国在住の日本人ドキュメンタリー監督としてこの十年、中国で活動して来ました。

その間、何本も大ヒット作品を生み出し、中国の有名な賞もたくさん獲り、SNSのフォロワー総数が1000万人を越す有名人になりました。

しかし、日本では無名です。

日本人監督がカンヌやベネチア映画祭で受賞するとニュースになりますが、中国で賞を獲っても誰も見向きもしません。

それは、中国映画のレベルが低いからでしょうか？　私は決してそうではないと思います。

　この十年、中国映像業界の最前線で闘ってきた私から見て、中国の映像技術レベルは格段に上がりました。ある部分では日本を越していると思います。

　私をカンヌを受賞した監督と同列に見てくれ、と言っている訳ではありません。

　中国映像業界を軽く見ないで欲しい、と言いたいのです。

　そして今回、私が撮ったドキュメンタリー映画『再会長江』が、KADOKAWAさんの協力で"外国映画"として、日本での全国上映が決まりました。

　この作品は中国で大ヒットしましたが、日本人に果たして受けるのか全くの未知数です。

　もし今後皆さんが『再会長江』を見て「なんだ、中国のレベルはこんなもんか」と思われたのなら、それは間違いです。それは私のレベルが低いからであり、決して中国映像業界のレベルが低いからではありません…。

　と逃げ場を作った所で、中国ドキュメンタリー映画を見たこと

まえがき

がない人たちからすると、この作品は中国代表になってしまうので、皆さん、何卒お手柔らかにお願いします(笑)。

映画誕生のきっかけ

2011年、当時まだ日本でテレビディレクターをしていた私は、NHKで「長江 天と地の大紀行」というドキュメンタリー番組を作りました。

長江源流部があるチベット高原から河口の上海まで6300キロを旅して、長江流域に生きる人々の今を描くという紀行ドキュメンタリーで、制作期間一年半、90分×3本という超大作です。

おかげさまで視聴率も反響もとても良く、DVD化もされたのですが、私個人的にはとても不満が残る作品となりました。

なぜなら、当時私は中国語が話せず、直接主人公たちと交流ができませんでした。

さらに、日本に住んでいたため、中国人の生活や価値観を深い所で理解できてはおらず、表面的な取材になってしまったと感じたからです。

「もっと中国語を勉強したい」「もっと中

国を深く知りたい」この思いが募りに募った結果、『長江 天と地の大紀行』の放送後、「仕事を辞めて一家で中国に引っ越したい」と妻に提案しました。

しかし…、中国人の妻に猛反対されました。

「日本で安定した生活があるのに、なぜ全てを捨てて中国に行くのか」と。

その後、2年間に渡り妻を説得した結果、私の揺るがない強い意志に半ば諦めた形で同意してくれて、2013年に一家で中国に移住しました。

私に付き添い会社を辞めた妻には今も、心の底から感謝しています。

それから10年の月日が流れ、中国語も習得し、中国での仕事も軌道に乗り始めたある日、私は妻に提案をしました。

「もう一度、長江6300キロを撮りたい」と。

『再会長江』を撮った理由

『再会長江』は、上述の『長江 天と地の大紀行』で撮影した主人公たちの十年の変化を描くドキュメンタリーです。

水墨画の題材として有名な「三峡」や「三峡ダム」「赤壁」を航行する貨物船船長、長江水源の街で見つけた女性がリーダーを務める母系社会を今も続ける「女の国」、理想郷・シャングリラで出会った美少女ツームーのその後など、一本の大河を通して、中国激動の10年の変化を見つめます。

2021年から2023年にかけて撮影をしましたが、何より一番大

まえがき

変だったのは、「コロナ」との戦いです。ご周知の通り、当時中国は厳格なコロナ政策を実施しており、一人でも感染者が出るとその街には近づく事ができず、ロケが突如中止になる事も度々ありました。しかし、捨てる神あれば拾う神ありで、コロナで人の移動が止まっていたからこそ、通常では絶対に撮れないカットが撮れました。

普段なら観光客でごった返すはずの長江絶景ポイントに人が全くおらず、数千年前と変わらない、悠久の大河・長江の原風景を撮る事が出来たのです。

そしてもう一つ、コロナがこの映画にもたらしたもの、それは「集客力」でした。

2023年5月、東京で『再会長江』の試写会を1週間行ったのですが、まさかの予想に反して大盛況となり、最終日は二回とも満員御礼となり、最終観客動員率が70％近くになりました。

私は人生で初めて100％満席となった映画館を見ましたが、それを自分の映画で成し遂げられるとは、夢にも思っていませんでした。

ではなぜマイナーなドキュメンタリー映画が、さらにマイナーな中国題材の作品が、これほどまでに受けたのか。

それは、前述したようにコロナがあったか

らだと思います。

　主な観客は在日中国人と中国好き日本人だったのですが、彼らは2020年から2023年の間、コロナのため、中国に行きたくても行くことが出来ませんでした。

　そんな中、ポンと出て来たのがこの『再会長江』です。

　彼らにとって、それは久しぶりに見た「魅力的な中国」でした。

　この3年、日本のテレビで流れる中国は、批判ありきの中国バッシングものばかりだったからです。

　かつては「シルクロード」や「鉄道大紀行」など、中国の魅力を伝える番組はたくさんありましたが、日中関係の緊張が高まると共に、そうした作品は完全に消えてしまいました。

　この十年、中国で生きてきた私は断言できます。

　「中国は良い所も悪い所も沢山ある。ただ日本の皆は、悪い所しか知らないだけだ」と。

　だからこそ、皆さんに『再会長江』を通じて、リアルな中国を知ってもらいたい。

　飛行機でたった2時間ちょっとの場所にこんなに面白い国があるのに、知らないのは本当にもったいないから。それこそが、私がこの映画を作った最大の理由です。

　皆さんの「甘口評価」をお待ちしておりますので、是非劇場でご覧ください。

对 / 话 / 亮 / 叔

最大的愿望

最大的愿望是能拍摄出令我满意的长江景观。我曾于2011年参与制作NHK的《长江天地大纪行》。该片收视率很高，反响也不错，因此还发行了DVD。

然而，我对这部作品并不满意。

当时我不懂中文，只能通过翻译对长江沿岸居民进行采访。因此，我无法与他们建立深厚的联系，也无法提出深入的问题。而且当时我是以出差的形式从日本来到中国,对于中国人的生活、烦恼、困境和乐趣并没有真正理解,采访只停留在表面。

《长江天地大纪行》大获成功,日本电视行业中甚至出现了"让竹内去拍摄中国就放心"的评价,但我个人却坚持认为"我对中国还一无所知"。为了学习中文,更深入地了解中国,我于2013年决定与家人一起搬到中国。我一直梦想着有朝一日能够掌握中文,理解中国普通百姓的想法,再次拍摄长江。经过约10年的努力,我已经适应了中国,掌握了中文,建立了人脉,成立了公司,并且拥有了可靠的团队。我相信现在是时候再次拍摄全长6300公里的长江了。我决心要超越10年前我不满意的《长江天地大纪行》。因此,我最大的愿望就是"这一次能够拍摄出令自己满意的长江景观"。

2 最强的动力

最强的动力是制作电影。我 15 岁时就热爱电影，梦想着有朝一日成为电影导演。

在接下来的大约 30 年里，我一直在学习影像，担任日本电视节目的导演，以及在中国担任网络节目的监制。我一直怀揣着"有朝一日能在电影院放映自己的作品"的梦想。因此，当我决定拍摄长江时，我立即决定将这部作品定位为适合电影院播放的作品，并选择从一开始就以 4K 的画质来拍摄。

我进入影像行业已有 20 年的时间，最初的 10 年我在日本打下了导演的基础，接下来的 10 年我在中国以网络节目监制的身份提升了知名度。正是在这 20 年中，我积累了技术、知名度和人脉，才使得这次的《再会长江》能够成为一部电影。

对 / 话 / 亮 / 叔

3 最开心的瞬间

最开心的瞬间是去长江源头地区拍摄。

在 2011 年拍摄时，由于我是从日本来的，受限于时间和预算，无法前往长江源头地区的"第一滴水"。但现在我住在中国，有充裕的时间，而且成本也大大降低，因为与 10 年前相比，我不需要翻译、协调员或司机，成本减少了一半以上。因此，这次我特别想去源头地区。最让我高兴的是我可以自己决定前往源头地区。10 年前我对中国语言和文化一无所知，所以当地人说不行就不行，拍摄协调员说"时间不够，不行"就不行。我无法掌控。但现在不同了，我能够说中文，可以自己进行采访和谈判。因此，当我和我们公司的团队最终到达长江源头地区时，我感到比以往任何时候都更加激动和感动。

4 最艰难的时刻

最艰难的时刻是由于新冠疫情，拍摄进度无法按计划进行。

特别是在采访三峡货船船长时，我遇到了最大的困难。当时，船员们一直在不断移动，实行着非常严格的防疫措施，因此很难见到他们。货船停泊在港口，以前我们可以自由地会面，但在新冠疫情期间，船员很难离开船体外出，所以我花费了将近一年的时间才完成这段采访。

然而，另一方面，正是由于新冠疫情，我得以拍摄到了那些可能永远无法再次出现的镜头。

在电影《再会长江》中，出现了香格里拉和泸沽湖等地的许多壮丽景色，而这些景点都没有人，因为在疫情期间几乎没有游客。正是由于这一原因，我拍摄到了长江美丽的"原生态景观"。

对/话/亮/叔

5. 最震撼的场景

最震撼的场景是,当我们的车在长江源头地区陷入泥潭,我们在无人的荒野里徘徊时,一辆摩托车路过的瞬间。

长江源头的青藏高原环境极端恶劣,除了土和水之外,四面八方都是一片荒凉。我们驾驶着一辆车冒险进入这样的地方,结果车子陷入了泥潭。附近的土地被称为冻土,当白天气温升高时,土地里的冰会不断融化,车子就会不断陷入地下。那时候,我真的以为我会死去。

我们在无人的荒野中,整个团队都陷入了绝望。几个小时后,一辆摩托车经过了我们。更令人幸运的是,车上的人是草原保护管理员。这简直是运气爆棚。

后来,他带来了当地的救援队,我们得救了。当我们去到这些救援队员的家时,发现他们住在名为"格尔"的游牧民帐篷里。他们给我们的酥油茶真的是美味极了!我至今仍然记得生活在极端环境下的长江源头地区的人们的坚韧,以及那位游牧民的话:"城市的空气太脏,我不喜欢。我想在这里度过一生,直到生命终结。"

6 最惦记的人物

最惦记的人物当然是香格里拉的茨姆。可以说，我制作这部电影，也是因为想看到茨姆10年后的样子。

自从2011年认识茨姆以来，摄影老师杨林一直保持着与她的联系，因此这10年里，只要我想知道茨姆的近况，或者想去香格里拉看她，都是可以的。

但我心里一直有个想法："总有一天我会再次拍摄长江，到那时我就去见茨姆。"所以这10年来，我故意不联系她，也不去香格里拉。

她就是如此迷人，是一位如画的主角。

对 / 话 / 亮 / 叔

最愿重返的现场

最愿重返的现场当然是"长江的第一滴水"。

2011年我未能拍摄到"长江的第一滴水",这次我充满热情地前往青藏高原,但最终不得不放弃。虽然在电影中我们拍摄到了"长江的第一滴水",但我自己却没有亲眼见过。虽然我很想再次去那里,但体力可能已经无法支持。海拔超过5000米的源头地区氧气稀薄,对于我这个45岁的人来说很难适应。

在现代中国,交通和通信事业都得到了飞速发展,"想去但去不了"的地方实在不多,因此在某种意义上,这个地方显得格外珍贵。人们总是对"无法去"的地方更感兴趣,因为障碍越高,人们越想克服它。

8 最想弥补的遗憾

最想弥补的遗憾是无法邀请 2011 年《长江天地大纪行》时的主持阿部力先生前来。这次的《再会长江》最初计划仍由他担任主持，然而，当时由于新冠疫情导致从日本到中国的旅行变得困难，我们只能放弃了这个计划。

如果可能的话，我真希望能和他一起旅行。

对 / 话 / 亮 / 叔

9 最美的收获

最美的收获是，茨姆一直将我们10年前带她去上海的经历视为"宝贵的回忆"，并一直珍惜至今。

对于我这个经常乘坐飞机周游世界的人来说，从香格里拉到上海的距离并不特别遥远。但对于茨姆一家来说，这是他们有生以来仅有的一次特殊经历，确实改变了他们的人生。

人生因相遇而改变。我在2011年因为拍摄长江而来到中国，对我和茨姆来说，那次相遇是改变人生的重要时刻。然后我们各自过了10年，没有任何联系，直到今天再次相遇，并成为了亲密的朋友。

我们之间的关系有些奇妙，这正是旅行的乐趣和魅力所在。

10 最新的期待

最新的期待是会有多少人观看《再会长江》这部电影。

目前，电影已在日本上映，而我正在乘坐新干线前往日本各地参加映后现场问答会。

我很好奇日本观众对中国纪录片的反应。近年来，由于日中关系并不太好，日本电视台经常报道对中国持批评态度的新闻，给日本人灌输了"中国不好"的信息。

在这种情况下，有多少人会想看《再会长江》呢？我希望尽可能多的日本人能够观看这部电影。我相信，通过观看这部电影，日本人可以解开对中国的"误解"。我有信心这部电影会让人觉得有趣，但要吸引人们去电影院观看仍有困难。我希望尽我所能，让尽可能多的日本人看到这部电影，因为我不希望他们对我所热爱的中国持有错误的

对 / 话 / 亮 / 叔

看法。为此，我愿意尽我所能，飞往日本各地。

此外，电影计划从 2024 年 5 月开始在中国上映。因此，我也希望能向中国观众传达"纪录片的魅力"。我认为许多人并没有在电影院里看过纪录片，因为很多人认为纪录片会很严肃、沉闷，看起来会很累人。

正因如此，我将这部电影制作成了一部"明亮、有趣、令人发笑和感人的公路电影"，我想改变人们"纪录片＝严肃"的印象。

我热爱纪录片。因此，我想改变人们对纪录片的"误解"。

我投入了心血制作这部作品，我非常期待更多的人观看。

再会长江
THE YANGTZE RIVER
目录

- 第八章　宜宾　悠闲「慢生活」 ……… 092
- 第九章　元谋　水电移民C组团 ……… 104
- 第十章　泸沽湖　摩梭人秘境 ……… 118
- 第十一章　丽江　石鼓镇上「厨师梦」 ……… 132
- 第十二章　香格里拉　那片天堂，那个姑娘 ……… 144
- 第十三章　青藏公路　搭乘「菜鸟」去沱沱河 ……… 164
- 第十四章　玉珠峰　终于拍到第一滴水 ……… 180
- 摄影师手记 ……… 196
- 摄影师片场 ……… 218

序言
まえがき

対話亮叔

第一章　上海　又一次出发　002

第二章　武汉　『慢放』三年后的复苏　012

第三章　岳阳　稻虾米与无人机　028

第四章　天鹅洲　守护长江精灵　040

第五章　三峡　船用电梯过大坝　056

第六章　重庆　最后的棒棒　066

第七章　泸州　两个『第一次体验』　080

ZAIHUI CHANGJIANG

第一章

上海 又一次出发

唐古拉山镇

香格里拉

丽江

泸沽湖

元谋

宜宾

泸州

重庆

宜昌

天鹅洲

岳阳

武汉

上海

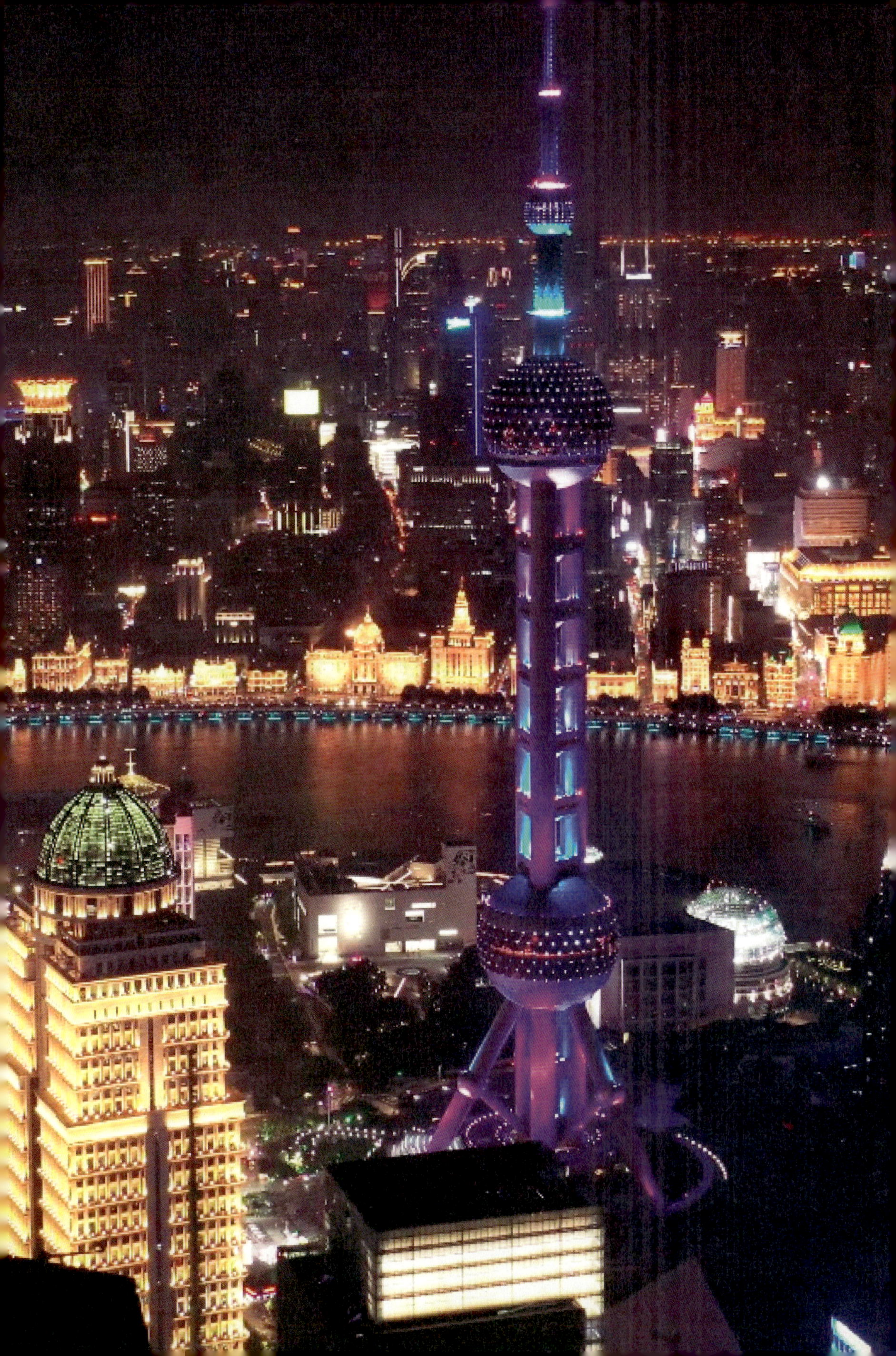

上海，长江的入海口。

青海，长江的发源地。

从上海崇明岛溯源到青海各拉丹冬雪山，从上海黄浦江追寻到青海沱沱河，长江曲折蜿蜒6300公里。一位日本纪录片导演，两次用脚步丈量，行程超过12000公里，为日本最大的本州岛周长5450公里的两倍多。

他是竹内亮，1978年出生，家乡是日本本州岛的千叶县。作为知名纪录片导演，他具有东京视觉艺术学院电影艺术学科的专业背景，曾在NHK等日本有影响的电视机构供职。至今已拍出《长江天地大纪行》《我住在这里的理由》《南京抗疫现场》《好久不见，武汉》《后疫情时代》《走近大凉山》《华为的100张面孔》《双面奥运》等代表作，在中国和日本都赢得了不小的声誉。

竹内亮坚信"纪实"的力量,坚信"行走"的力量,他深入深山大川,像徐霞客一样"寻踪访迹",也像苦行僧一样"蹭吃蹭喝"。与一般导演事先做足功课有所不同,他往往没有故事脚本,"说出发"就已经"在路上"。行进途中,他临时征集向导,随机寻找对象,交朋友,结知己,心与心碰撞,获取第一手原始素材,真实呈现了缤纷多彩的世界,其作品因直抵人心而迅速"出圈"。他的三部纪录片《后疫情时代》《好久不见,武汉》《走近大凉山》,接连三次被中国外交部新闻发言人点赞。

10年前,竹内亮走过长江沿岸,用他的镜头"解码"中国的母亲河,捕捉壮丽的自然风光,发掘独特的人文底蕴,更饱含对普通人命运的深厚关切,汇成三集大型纪录片《长江天地大纪行》。该片经日本电视台热播,即给观众一次特别的"视觉震撼",一次全新的"亲历体验"。

10年后,竹内亮想再次前往长江源,以实现他长久萦怀的梦想,那就是拍到长江源的"第一滴水"。

长江,中国第一大河,亚洲第一大河,世界第三长河,不仅属于中国,也属于世界,是一个巨大的存在。在与中国一衣带水的日本,有一位中国读者熟悉的作家芥川龙之介,一个世纪前的1921年,他作为《大阪每日新闻》海外视察团的一员曾游历长江,写出了《长江游记》。1980年代,日本歌手佐田雅志拍摄了纪录片《长江》,许多画面后来被剪辑到中国央视纪录片《话说长江》。对于日本人来说,长江是一条并不陌生的长河啊!

长江从青海发源,流经四川、西藏、云南、重庆、湖北、湖南、江西、安徽、江苏、上海等11个省、自治区、直辖市。横贯中国大陆中部,直奔东海与太平洋相会。很少有人知道,它的流域面积惊人地达到180万平方公里,约为中国陆地面积的五分之一。

2011年,竹内亮第一次长江之行,目睹了长江的气势磅礴、气象万千。那一次是从长江源开始的，见证这条大河依着西高东低的地势，跳过三级地理大台阶，穿越青藏高原、云贵高原，漫延横断山脉、四川盆地，奋勇出三峡，直奔江汉平原。行程之中，他有幸目击长江以博大的胸襟，手挽岷江、嘉陵江、乌江、沱江、沅江、湘江、汉江、赣江等700多条支流，怀抱洞庭湖、鄱阳湖、太湖三大湖泊，是那样百折不回，一泻千里。

竹内亮足迹所至，长江与每一大支流相汇，都孕育了一座名城；与每一大湖泊相连，都哺育了一方沃土。正由于辐射南北，接纳百川，它是"云横九派"的大动脉，它是流淌金子的"黄金水道"，发挥的作用独一无二。

长江激荡千万年，无尽风流，是永恒的话题。竹内亮切身体会到："10年前如果没有拍摄长江的话，就没有现在的我，这是绝对的。所以对我来讲，长江是非常非常重要的一个地方。"

这一次"再会长江"，竹内亮的镜头要换一个角度，从长江入海口开始。

当年，竹内亮拍摄《长江天地大纪行》，特别邀请香格里拉的藏族女孩茨姆到上海看看外面的世界。这位女孩带着童话世界一般的天真纯朴，成为纪录片的主人公之一，之后成为网络追捧的"流量明星"。那时候，竹内亮一句中文也不会说，隐身在摄影机背后当导演。

10年时光，长江两岸日新月异、纪录片主人公成长变化，竹内亮也不可同日而语。他成为环球奔忙的纪录片导演，在中国网络上活跃的名人，坐拥千万粉丝，赢得"亮叔"的昵称。他对中国的理解，他与中国人的情感沟通，都达到了一个新高度。

特别是，竹内亮为中国富饶的土地、壮丽的山河、悠久的文化所强烈震撼，也一直不能忘怀他逐梦长江的丰硕收获。为了更加深刻地感知这个伟大的国度，他选择了移居中国。

2013年，竹内亮35岁，正值大好年华，他作出了人生的重大决定——偕同妻子赵萍从日本回到她的家乡住了下来，这便是长江下游美丽的城市南京。

长江流域生活着50多个民族，几乎囊括了中国所有民族，是中华民族的重要发祥地。流域人口超过了4亿，接近中国14亿人口的三分之一，超过欧洲7亿人口的一半多，他们的命运与长江息息相关。曾经行走长江的竹内亮置身这4亿人中，感受着中国飞速发展的10年，他时常回想10年前的点点滴滴。

2011年，大街上没有人边走边看手机，没有网约车和外卖小哥，藏族女孩不知道上海酒店的客房有抽水马桶，元谋的农家只能供养女儿读到初中，重庆还在依靠索道缆车解决城市交通拥堵。

如今，中国社会发生了巨变，当年《长江天地大纪行》中的沿岸风貌和普通人如何经受新时代的洗礼，走出新变迁的轨迹？

竹内亮头枕长江，夜夜波涛拍打，仿佛有一个声音在呼唤自己，尤其是10年前因为行程紧张，他没能抵达长江源头姜古迪如冰川，那是他永远的牵挂。

辗转反侧化为义无反顾：不如再走一次长江！

了解中国，长江是一把巨大的金钥匙。

竹内亮一直秉持初心——用这把巨大的金钥匙，向全世界展示真实的中国，争取打开一些误读的"心锁"。

2023年春天，上海之夜。

竹内亮邀约在上海的七八位朋友聚餐。朋友们很敏锐，发现他的文化衫上多了"再会长江"四个龙飞凤舞的书法大字，还有一条弯弯曲曲的粗线代表长江，很酷。

那么，长江全长多少公里呢？面对竹内亮的提问，无论日本朋友还是中国朋友，不是摇着头就是掩着嘴，都回答不出准确答案。这使他"大跌眼镜"，也更加增强了他"再会长江"的意念。

从长江入海口的角度回看，黄浦江是它最初的一大支流，竹内亮刚来中国，就是在这里直击中国的宏大壮美，所以他非常喜欢在黄浦江畔流连。餐后，竹内亮和朋友来到外滩，一对情侣款款走过来，女孩认出了竹内亮，男孩笑着说："她是你的粉丝。"

竹内亮与上海有缘，多次来上海采访，拍摄过《我住在这里的理由》《七十二变》《和

再会
长江

南京

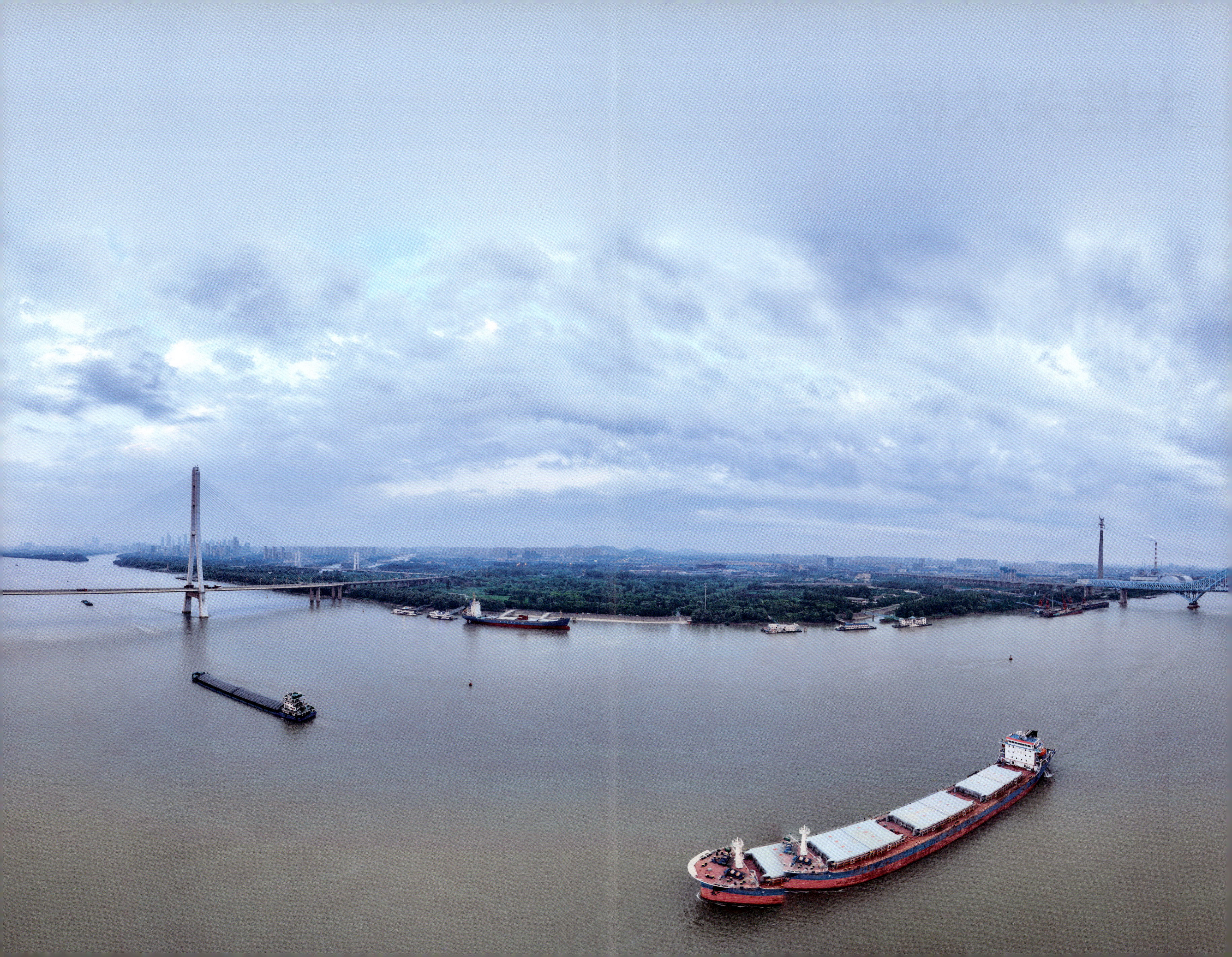

大胜关大桥

饭情报局》《2500万分之43》《可以拍拍我吗》《我住特别篇——疫情下，我们和上海朋友聊了聊》，不少上海人走进片子担当主人公，更多上海人追着看纪录片而成为粉丝。

上海，全球屈指可数的东方大都会。竹内亮走在外滩，就像步入上海的"客厅"或者"阳台"。当年芥川龙之介在这里驻足，窥见上海的光怪陆离，给予"魔都"的称谓。同样，竹内亮第一次看到外滩时震撼无比，视之为上海的象征、上海的脸庞，这里对他而言是具有特别意义的地方。但10年前感觉外滩是那么远，如今常来光顾，觉得是这么近。一同漫步的朋友调侃说是他"名气大了""粉丝多了"，而他心底明白：这是跟中国的距离近了。

这就像南京，竹内亮刚来的时候，每天都感觉很新鲜、很刺激；后来每次出差回到南京，感觉却是很安心、很熨帖。不知不觉间，南京成了能让他"做真实自己"的地方，妥妥的第二故乡。

竹内亮意识到：一个人真正融入一个城市中，最重要的是什么？恐怕是能被本地人认可吧？

南京与上海一样，是一个现代化城市，它以六朝古都著称，自古龙蟠虎踞，多少春花秋月，人文底蕴比上海厚实。竹内亮第一次看到南京长江大桥，震惊于它是那么伟岸壮观，而现在随时可以开着车带着朋友从大桥上驶过，四处寻找名胜古迹，真是让人难以置信。定居10年，他爱上了南京鸭血粉丝汤，喜欢倚着古城墙根发思古之幽情，乐意去桨声灯影里的秦淮河荡舟，更愿携妻子和孩子上夫子庙看灯会。

大江东去，岁月淘洗，竹内亮这样谈及自己住在中国的理由："以前，通过我的纪录片增进中日两国人民的相互了解，是我住在这里的理由。现在，这里有我的朋友、同事、家人、粉丝，他们都是我住在这里的理由。"

南京这个地方就是家了，一切不再新鲜，一切从此亲切。

背上行囊，踏上长江三角洲最东端的崇明岛——中国最大的河口冲积岛，以"长江门户、东海瀛洲"誉满天下。

竹内亮的镜头以这里为起点，向长江源扫描，很有意味，也很有

上海　又一次出发

仪式感。

　　穿过一片芦苇，一条石砌的路出现，切开广阔的沙滩通往海边，竹内亮越走越觉得似曾相识。10 年前，他来过这里，对，绝对就是这里。打开手机重温当年影像，竹内亮确信，他实实在在地踏入了同一条河流。

　　石砌的路凸出沙滩，变为一道堤埂，长长地伸入水中。堤埂两边，一样茫茫汪洋，竹内亮分不清大海从哪里开始、长江从哪里结束，无法察觉长江奔流过广袤大地的土黄色。

　　蹲下身子，竹内亮虔诚地掬一把水，很温，跟当天晴朗的天气有关吧，跟当天晴朗的心情有关吧，特别温暖。

　　堤埂最尖端，10 年前站立的是《长江天地大纪行》的主持人冬冬（日本演员阿部力），今天站立的是《再会长江》的导演竹内亮。

　　竹内亮不辞劳苦毅然"再会长江"的故事，就从这里拉开序幕。

　　竹内亮将一一寻访《长江天地大纪行》拍过的主人公，最后的目标指向长江源的"第一滴水"。

ZAIHUI CHANGJIANG

第二章

武汉

「慢放」三年后的复苏

唐古拉山镇
香格里拉
丽江
泸沽湖
元谋
宜宾
泸州
重庆
宜昌
天鹅洲
岳阳
武汉
上海

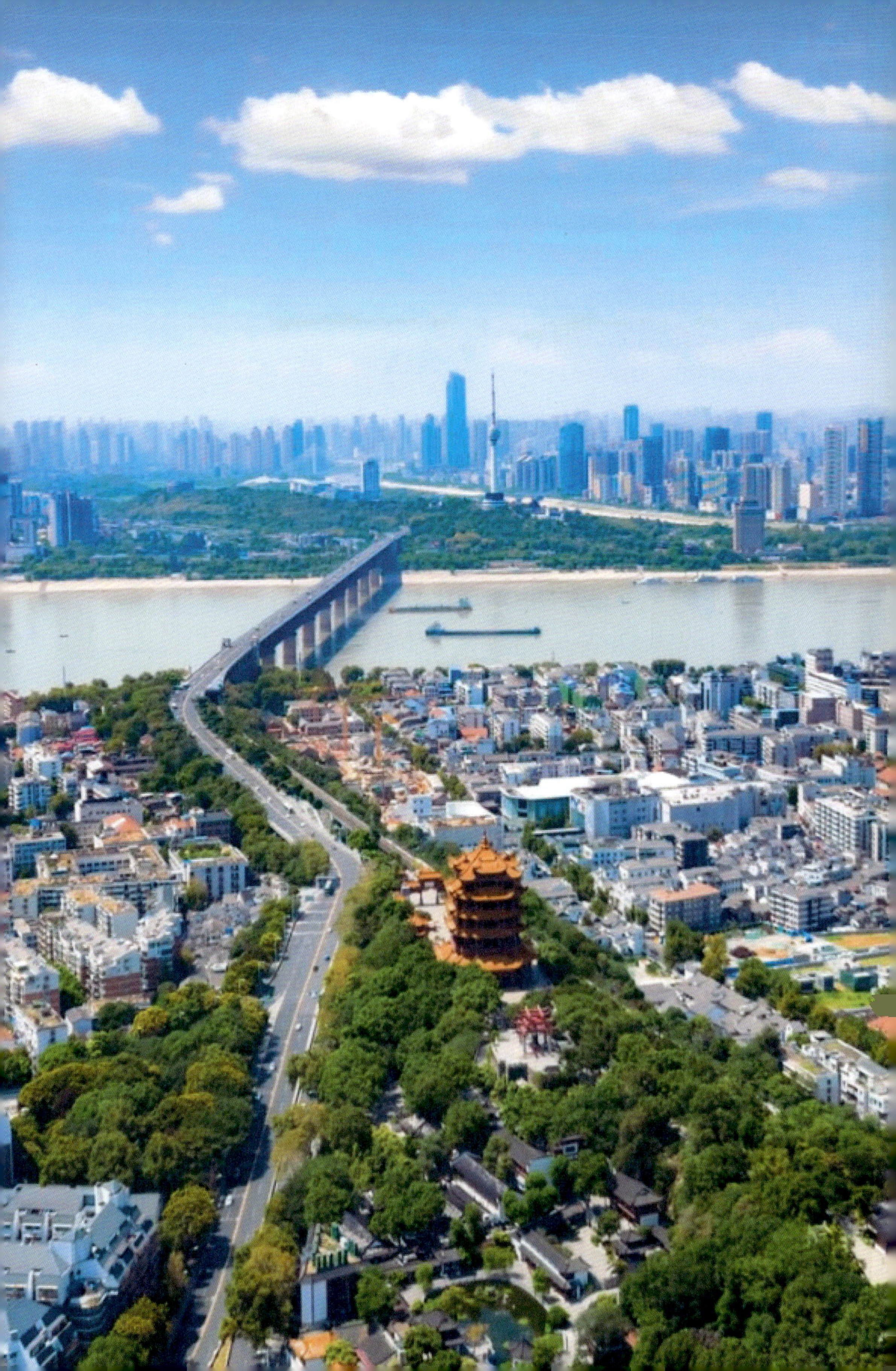

武汉，长江中游最大的城市。

两江交汇，三镇鼎立，黄鹤楼高耸蛇山之顶，晴川阁雄踞龟山之麓，"万里长江第一桥"凌空飞架——构成这个国际大都会的经典图景。

公元223年，黄鹤楼横空出世，始由三国时期东吴所筑，只是一座瞭望哨楼，却开启了武昌1800年的历史。这一带，为《三国志》中"赤壁之战"的古战场，许多日本人耳熟能详，竹内亮也不例外。他更知晓黄鹤楼的传奇，还有唐代大诗人崔颢的《黄鹤楼》，日本不少小学生也会吟诵这首古诗。

不登黄鹤楼,很难体会到武汉是一座特大型城市,因长江穿城而过,将武汉分为武昌、汉口、汉阳三大部分,十二座长江大桥凌空飞架,桥是武汉的根脉。大家不难发现,"大武汉"是继"大上海"之后,第二个被称为"大"的中国城市。1911年,正是在黄鹤楼下,"武昌首义"打响第一枪,结束了两千多年的皇权统治。之后,北伐、抗战、防洪……种种壮举波澜壮阔,使之获得"英雄城市"的美誉,闻名遐迩。

众所周知,大武汉再一次牵动全球的视线,是在2020年初经历了一场突如其来的新冠疫情,也再一次表现出"英雄城市"的特质。短短三年,竹内亮来了四次。

胜男传播"护士舞"

2020年4月,竹内亮几乎在第一时间赶到武汉。

黄鹤楼前,一个夏装女生欢快劲舞,浑身活力四射,而她身后的广场一片空旷,除了两位戴草帽的园林工人修整绿篱,几乎看不到游客的人影。

跳舞的女生有个独特的名字——龚胜男,她的职业是护士。在武汉遭遇疫情期间,她身着护士服甚至防护服,不顾连轴转照看病人的劳累,就在病房走廊上跳舞,并拍成视频传到社交媒体上,鼓舞患者振作起来,给了灰暗日子一抹亮色。

竹内亮在武汉拍摄了纪录片《好久不见,武汉》,记录了10个武汉人真真切切的故事,胜男就是其中的主人公之一。

2021年的春天如约来临，经历风雨见彩虹，一切都显得格外明媚。

武汉大学珞珈山，江城最负盛名的赏樱胜地，每年吸引各地游客蜂拥而至，常常"人满为患"。这一次，美好的机会专门留给了医护人员，以感恩"白衣天使"曾经天使般的奉献。当初从四面八方"逆行"来武汉的外地医疗队，受邀又一次齐聚江城，成为武汉的尊贵客人。

老斋舍楼下，山半腰樱花道上，绯红色轻云掩映绿色琉璃瓦屋顶，竹内亮与胜男再度相会，她沐浴着飘飘洒洒的樱花雨，一脸灿烂。

胜男换下"征衣"，还她"女儿装"，裙裾飘拂，轻纱柔曼，摆出各种舞姿拍照，留下婀娜倩影，完全不是那个叫"胜男"的假小子。

参加这场未对市民开放的赏樱活动，看到樱花树丛悬挂的红色横幅，胜男"挺感动的"。她说，那段日子一度觉得好难，甚至坚持不住；现在被感谢，又觉得"哎呀，挺有荣誉感的"。

2022年夏天,竹内亮时隔一年又来武汉,第三次与胜男见面。车子驶上长江大桥,迎头是蛇山上的黄鹤楼。

人流熙熙攘攘,竹内亮一眼见到胜男,挥手一声"好久不见",一下便拉近了时空距离。

重登黄鹤楼,游客摩肩接踵,景象迥然不同。大家拥在最高一层,凭栏远眺,指点江山,欣然看到这个城市"晴川历历",已从阴霾中复苏过来。

从黄鹤楼下来,登上一条游轮,没想到游客的阵容不输黄鹤楼,篮球场大小的甲板上挤满了人,大家享受着阳光和江风。胜男也说,她近来第一次看到有这么多人聚在一起。

此时,因世界杯开哨在即,竹内亮匆匆结束武汉行程,前往中东国家拍片了。

于是,2023年1月,竹内亮来武汉"补课"。

又是以"好久不见"开始"一见如故",竹内亮再次来到胜男的家,一切如昨,桌椅都在老地方。倒是胜男提示他去"发现"一个变化:她养了一只小猫咪。

竹内亮发现,相比多了一只小猫咪,胜男更大的变化是她对待工作的态度。

2020年在《好久不见,武汉》中,胜男

曾说当时有一种找不到人生方向的感觉,如果没有疫情发生,她可能辞职。但是,通过疫情历练,她又找到看待职业的一个点,这算得上工作上的一大转折。

三年过去,竹内亮再次问起胜男对工作的态度。

胜男说,疫情期间常在网上看到一个词叫"白衣天使",但她特别不喜欢别人这么称呼她,因为她认为这就是一份职业。护士非常辛苦,估计不少护士都想过辞职,但在疫情期间大家满怀一腔热血、众志成城,她突然感觉自己做的是非常有意义的事。这么过了三年,也就沉淀下来、坚定下来了。

生活就是这样,一场磨难往往会淬炼为一种财富,胜男找到了人生方向,坚定地继续她"白衣天使"的职业,平凡而又神圣。

小熊推介"武汉文化"

夏天是武汉最诱人的时节,竹内亮 2022 年来时,碰上一年一度的"渡江节"。这项富有特色的群众性活动,因酷爱游泳的毛泽东主席多次来武汉"中流击水"而开展,一直是武汉夏天的"保留节目",许多外国选手踊跃前来参赛,非常有"热"度。而在这个夏天,渡江节"重出江湖",特别难能可贵。

ZAIHUI CHANGJIANG ———

武汉渡江节是为纪念毛泽东主席畅游长江而设的全民节日,一般为每年 7 月 16 日。1966 年 7 月 16 日,73 岁高龄的毛泽东主席再次畅游长江,这也是他最后一次畅游长江。武汉渡江节成为英雄城市武汉的又一张亮丽的名片。

竹内亮当然不会放过拍摄"渡江节"的机会,他同众多武汉人一样,也来到长江大桥武昌桥头堡下。参赛者从这里下水出发,到对岸江滩公园登陆,其中最惊险的环节,是要奋力抢过汉水入江口,那里两江交汇,暗流汹涌。

武汉市民对自己的体力颇具信心,喜好到户外天然水体游泳,经历过大风大浪,横渡长江不在话下,观看渡江也兴致勃勃。虽然举办方限制了入场人数,但长江两岸仍节日一般拥满了男女老少。长江大桥公路和铁路双层栏杆上,挂出毛泽东词句"万里长江横渡,极目楚天舒"等红色横幅,映衬桥下人头攒动的场景,气氛十分炽热。

"渡江节"开幕式正在举行,观众纷纷拿出手机收看直播……忽然有人叫道:"开始了!"屏幕上白练翻腾、浪花闪耀,选手你追我赶、劈波斩浪——这是最精彩也最具悬念的"抢渡赛"。

"渡江节"释放着武汉的活力。

《好久不见,武汉》中的另一位主人公小熊,因为"抢渡赛"强度太大,这次自己不具备报名条件而失去机会。她坚持天天在汉水游几个来回,积蓄力量为第二年做准备。

三年前,竹内亮采访小熊时,她一袭黑衣,戴着墨镜,踩着滑板车从大街滑过来,

叫竹内亮"看傻"。

小熊是一名中学教师，非常喜欢挑战新事物，她有一个兴趣是制作视频，推介武汉的人文历史。一见面，她掏出一架微型无人机放飞，然后对着无人机摄像头，用地道的武汉话表演："生煎油香欢喜坨，红糖糍粑苕面窝，吃完还是觉得饿？"

油香、欢喜坨、红糖糍粑、苕面窝，都是武汉的传统小吃，本身就够馋人，经由小熊边表演边舞蹈，怪吸引眼球的。

小熊说："我就想把武汉文化向外多推一下。"

这一次，竹内亮在汉口繁华的武胜路等待小熊，一辆"共享单车"迎面而来，骑车人远远开始挥手。

"哦，小熊吗？小熊吗？"

小熊停车，伸出手。她头戴绒线帽，脸戴大口罩，裹着长围巾，套一件束腰短夹克，挺英姿飒爽的。

"看不出来吗？"

"不一样了嘛。"

竹内亮还记得上次的滑板车，小熊说滑板车轮胎破了，但街上的"共享单车"到处有，随时可以用手机打开一辆。

小熊带竹内亮来到一条美食街，她说自己也好久没有在外面过早了，还不知道这边开着呢。

武汉人的早餐种类非常丰富，形成了独特的

武汉 "慢放"三年后的复苏

"过早文化",品种远不止小熊视频中表演的"生煎油香欢喜坨,红糖糍粑苔面窝",有上百个品种之多,吃上一个月也不会重样。

竹内亮钟爱武汉的"过早文化",随小熊走进一家早点店。

豆皮油光黄亮,生煎包嗞嗞作响,热干面浇上芝麻酱香味扑鼻……手脚不停忙活着下面条的店主居然认出了竹内亮,客气地打招呼:"日本人是吧?"

"记得我?"竹内亮挺高兴,三年前他来拍摄过。

同很多城市不一样,武汉人过早喜欢在店外路边坐一个小板凳,把碗放在一个高板凳上,吃得津津有味。小熊说,她特别喜欢"用板凳当桌子",这种景象特别亲切。

一人一碗热干面,端到门外,放上高板凳,坐着小板凳,哈哈,武汉人的风情。

"热干面",竹内亮努力学着用武汉话说"热干面",语气像没掸好的热干面,有点生硬。

小熊纠正:"重音要在后面,把面字拖长,热干面——,热干面——"

热干面,武汉最具代表性的美食之一,武汉人过早的首选,广告飘洋过海挂到了纽约时代广场。

热干面,竹内亮三年前来武汉吃过一次,便"面

面不忘",热干面从此成了他的"最爱",如同南京鸭血粉丝汤。

"好吃!"竹内亮品尝着热干面,啧啧称赞武汉的过早主食太丰富了,但认为长期吃容易胖。

小熊到底是推介武汉人文历史的"业余专家",她解释说:"武汉九省通衢,交通往来发达,以前很多人从事体力劳动,每天早上比较匆忙,急于尽快补充大量碳水,忙一天也能扛饿。所以,早点主食粉、面较多,还爱吃糯米……糯米是必不可少的。当然,现在生活方式改变了挺多,体力活也减少了很多,再这样吃确实容易长胖。"

小熊说,这段时间把居室装修改造了一番,她把风格样式称作"年轻人的天堂"。过完早,她邀请竹内亮去看一看,"跟以前非常不一样"。

果然,推开门,现代风格的装饰、时尚流行的摆设,一股脑儿袭来。过道的一面墙上,满满的明星照,竹内亮不由称赞"好酷"。但小熊最满意的,则是她创设的影音室:我可以躺在这里看电影,有8个喇叭……

小熊很为自己的能干得意:整个格局我都改了一下,墙是我自己刷的,地毯也是我自己铺的。

小熊还让竹内亮看她在玻璃隔断上手写的"瘦身"记录,有撸铁、游泳、桨板、健身环等项目,每练一小时,就画上"正"字的一笔。

谈起这三年的个人变化,小熊仍对家的变化津津乐道:"由于外出少了，在家时间多了，哪些不符合生活习惯，哪些不符合审美趣味，感觉更敏感、更深刻一些，就会激发起一个相应的改变。"

竹内亮三年前认识小熊的时候，对她的印象就是她喜欢新的东西，喜欢不断自我挑战……

"热干面"乐队唱响户部巷

户部巷，武汉最接地气的一条美食街，早已是中国著名的旅游景点，有"汉味早点第一巷"的口碑。

窄窄的小巷历史悠久，从明代嘉靖年间《湖广图经志书》地图的标注推算，至少有400多年的历史。它地处武昌官衙扎堆的司门口，因与藩署为邻而得名。藩署管理户籍人口、财政钱粮，直属京城的中央户部。

如今，一对石狮蹲守在户部巷大门两旁，明清风格的屋宇楼阁铺向小巷深处。竹内亮老远就看到石狮子前一支电子乐队在表演，一名吉他手潇洒弹奏，好像在线上直播。

这是一支"热干面"乐队，乐队借用"热干面"为名，在这条美食街驻扎，更接地气，也非常有美誉度。据说，乐队是在2020年组建的。这三年来，他们

辗转街头演出并直播,乐为市民"找乐子"。

年轻的吉他手竟然也是竹内亮的粉丝,隔老远就认出他来,彼此好投缘。

户部巷的商铺,一半已开门营业,"老巷子三鲜豆皮""老武汉虾蟹馆""洪湖田螺"……都在忙碌迎客。

人间烟火最真实,户部巷慢慢旺起来,标示着武汉在逐步恢复元气。熟肉店的老板麻利装盘,热情的小哥招呼游客,买了火腿肠的小姑娘对着镜头挥手,脸上都洋溢着淡然、欢快的神情。

竹内亮感慨:"三年来,我真的第一次看到武汉人的脸,摘下口罩后一张张静享安然的脸。"

华灯初上,人流涌动,竹内亮同"热干面"乐队的女歌手、吉他手站到麦克风前,一起用武汉话高喊:"我们是来自武汉的热干面乐队,精神!"然后,放声歌唱,为武汉的满血复活而"加油"。

吉他手告诉竹内亮,直播间有粉丝说"第一次听到竹内亮唱歌",他自己也是第一次听到,"感到好荣幸啊"。

粉丝和吉他手确实"荣幸",竹内亮确实是第一次在大庭广众下唱歌,为了向武汉这个"英雄城市"致敬。

赖韵建起"徒步群"

竹内亮最后拜访的友人,名叫赖韵,他经营一家日式居酒屋"鹿沼台"。

三年过去,赖韵还在汉口西北湖旁边的老地方,居酒屋一切没变,就多了一只小狗,如同胜男多了一只小猫咪。

店内没有客人,赖韵似乎不急不躁:"刚放开没多久,生意红火还需要时间。"

赖韵的居酒屋是在2020年竹内亮来拍纪录片的那天开业的。开业第一天,他表现出了乐观态度,相信2021年会比2020年好,2022年会比2021年好,只要大家都有微薄的盈利,生意就能运转开。

赖韵亲手做日式料理,欢迎竹内亮的来访。

精致,可口,地道,竹内亮称赞"好幸福的味道",笑呵呵的赖韵露出了自豪、满足的神情。

日式料理的味道和三年前一样，赖韵的手艺保持着高水准，他的人生观却发生了很大改变。三年间，他把武汉大大小小的山都爬遍了，要不是带着孩子，他会走得更远。

在孩子的幼儿园，赖韵组织了一个"徒步群"，每个星期天会有一场活动，爬山或者上公园。

哪有餐饮店星期天休息的呢？但赖韵的星期天一定休息。他说："星期天是我们的'家庭日'，什么都得放下来，我们要陪孩子在户外玩一天，这是我们三年来一直坚持做的开心事。"

竹内亮问："你觉得这三年来价值观、人生观有改变吗？"

赖韵说："我一直以来希望的都是家人和亲朋健康。三年前，大家也许有很多愿望，多彩多姿，但都不像现在这样对健康的期盼那么强烈。健康，可能成了最重要的一个希望吧。"

赖韵举起了杯子，为健康，为竹内亮来中国定居10年而碰杯。

以前，小熊同样说，她二十几岁的时候比较奋进，希望通过努力来证明自己的能力和价值，但这几年她觉得就是要身体健康。

当护士的胜男也如此表达："现在来说，身体健康最重要，在身体健康的前提下，其他一切都好说。"

无论是居酒屋老板还是护士，无论是乐手还是教师，这些竹内亮——"再会"的主人公，和武汉同呼吸共命运，三年后的人生总结都一样：健康。

江汉关大钟转动不停，长江大桥车水马龙，油轮鸣笛催开滚滚波涛，汉正街"打货"的人们忙着赶码头。胜男的舞姿，小熊的滑板车，还有赖韵爬山远足的脚步……都汇入长江的浪花闪烁不息。

第三章

岳阳

稻虾米与无人机

岳阳楼

岳阳城陵矶，长江中游第一矶，与南京燕子矶、马鞍山采石矶并称"长江三大名矶"。

城陵矶险峭突出，一旁连通洞庭湖，坐看潮起潮落。湖与江千百年相存相依，湖起到十分重要的调蓄作用，高出低入，吐纳平衡。尤其蓄洪能力最为强大，历史上无数次敞开胸怀，使长江的洪患化险为夷，江汉平原和武汉三镇得以安然无恙。

洞庭湖的面积仅次于鄱阳湖，是中国第二大淡水湖，有"八百里洞庭"之称，隔湖划分出中国中部的两个省份——湖北和湖南。

ZAIHUI CHANGJIANG

湖北的武汉，湖南的岳阳，两大城市之间有一条飘拂的人文纽带。在中国江南"三大名楼"之中，黄鹤楼和岳阳楼各居一席。与黄鹤楼一样，岳阳楼在日本也非常有名，李白登楼留下咏诗《与夏十二登岳阳楼》："楼观岳阳尽，川迥洞庭开。雁引愁心去，山衔好月来。云间连下榻，天上接行杯。醉后凉风起，吹人舞袖回。"

田野雕塑"小龙虾"

岳阳楼为文人骚客所重，岳阳则福泽百姓。它如同镶嵌在三湘大地的一颗明珠，号称中国传统农业发祥地，以"鱼米之乡"著称，是中国重要的商品粮基地、食用油基地、水产养殖基地。

"两湖熟，天下足。"领略过洞庭湖的烟波浩渺，竹内亮又是一番感慨。2006年他来过这里拍摄，但那时的岳阳还不发达，农村依旧因循传统方式种植。而现在，长江大潮带动的"新时代农业"已不期而至。

放眼望去，得益于长江与洞庭湖，大片大片的田野平如湖水，而"种植革命"如火燎原。竹内亮最先到访的一个村特别不一般，勤劳智慧的农民萌发一大创意，种植出了超高级的大米。

秧苗初长的季节，田野中一片青葱，衬托一长列雕塑打眼，那是一位农民、一头牛、一只小龙虾形成的奇特组合。那只小龙虾特别夸张，挺立在雕塑最前头，硕大的体量不亚于那头老黄牛。

小龙虾代替了老黄牛，标志着时代的进步。这里建立了"虾稻共作"的生态循环农业模式，农民利用小龙虾防治害虫，完全摆脱了农药依赖，所产大米有个好听的名字——"稻虾米"，生态环保契合了消费者的心理，每斤能卖到70元。

这么说，"鱼米之乡"可称"虾米之乡"了吧？

稻田浅浅的水中，恰是小龙虾的自由乐园，一个洞里就有好几只。一位农民随手抓起一只，它扭动肥硕的身子张牙舞爪，差点把竹内亮给夹了。

小龙虾原产于美国路易斯安那州，流入中国数十年后突然一夜"爆红"，在江南水乡被开发成为重要的经济养殖品种。

岳阳　稻虾米与无人机

它肉质细嫩，味道鲜美，一走上食客的舌尖，就成为十分流行的美食。在武汉、岳阳这样的城市，无数小龙虾大排档铺满大街小巷，每到上市季节香辣四溢，年轻人都爱这一口。

竹内亮没工夫见识小龙虾的妙处，找到农家去品尝"稻虾米"。用这种米煮饭，只需放少量的水，刚刚没过米就行了。

饭很快蒸熟，揭开高压锅，一粒粒饱满如珠，晶莹透亮。竹内亮盛一小碗，唔巴唔巴有点干，可味道挺好的，想在回南京时买一点。

主人点击微信上的小程序，线上下单就可以直接购买。

这里的农民通过网络直接贩卖商品，仅凭这一点，竹内亮就觉得已经不输日本农民了。谁知还不止于此，消费者竟然可以24小时实时观看"稻虾米"种植地的状况。

在主人的指点下，竹内亮用手机一扫"稻虾米"包装袋上的条形码，整个小程序的链路一下就通了，跟踪溯源，什么都可以查到。一点，实时出现一块稻田。再一点，跳出一位美女员工，像导游一样介绍景点。网络售卖竟然做到这样细致的程度，日本企业也自愧不如啊！

岳阳的农民学会利用网络提高"稻虾米"的附加值，竹内亮印象中的传统种植方式一去不复返了。接下来他要拜访的另一群农民也很厉害，他们更懂得用高科技加持来提高收益，已是名副其实的"高科技农民"。

无人机"将军飞手"

驱车前往一块大田，还未进入地头，竹内亮就赶忙跳下车奔跑。

前面，一架无人机已经飞起来了，瞬间掠过头顶，再拐弯滑向大田盘旋。

好大一架无人机，轰鸣嗡嗡，红灯闪闪，像一个将军在天空巡视。

竹内亮好奇：操作这么大无人机的人是谁呢？

一旁，一位皮肤黝黑的平头壮汉也像一位将军，肩上两根带子吊着遥控器，沉稳不语地双手熟练摆弄，看起来就是专业飞手。

竹内亮不相信他是农民，反复问："真的是农民吗？真的是农民吗？"而他确实就是农民，不是科技人员。

一会儿，"将军飞手"到一间小屋调拌农药，灌进另一架无人机的"大肚"。然后，在遥控器上设定喷洒范围，无人机立即起飞执行使命。

在这里，把无人机用于农业生产似乎已经变成一件理所当然的事情。

竹内亮走向不远的街口，不由惊讶了，店铺门前随处摆放着无人机，就像农贸市场随意摆放的萝卜白菜，一架又一架……模样、规格、体量各不相同。

哇，这边好多啊，全部都是无人机，怎么回事？

这是一家主营新型农机的店铺，也负责农机的维修，门前还停放着五六台大型收割机之类的器械。

这一天，店铺又到了一大批无人机。

遇上了农忙期，农民对无人机的需求量激增，老板忙着进货、扫码、入库。

竹内亮打量着一款无人机，正好那位"将军飞手"过来看货，便向他打探价格，居然要69500元，这不就是7万了嘛！

无人机的款式多种多样，价格不一，农民怎么把握和选购呢？

根本用不着担心。一位老板打开手机，给竹内亮看他建的一个微信群，客户有255个之多。

这么一个偏远的小地方，有着这么一群农民，拥有了无人机，还善于使用聊天软件交流，这不能不让竹内亮十分吃惊。特别是他们中的大部分人都是50岁以上的中老年人，运用这些"高科技"没困难吗？

老板并不吃惊，无人机公司对他开放了数据库，他分门别类收集到微盘里，提供给大家学习。这一带，不管是最新农业机械的使用培训，还是农业机械的修理交涉，大家已习惯通过网络渠道来解决。

农民"百万大老板"

正好，维修店店长要向老顾客推广最新农业机械，竹内亮跟着他来到一家店铺门前，已有一二十位农民围坐半圈在等待，他们大多光着膀子，大概直接从田间地头下来。

竹内亮自称"店长助理"，给大家撒香烟，有人说他像泰国人。当他说明自己是日本人后，马上赢得"汉语说得挺好"的夸奖，气氛一下活跃起来。

店长一手托着无人机模型，一手抱着一叠资料，俨然一位老师或是技术员，向大家推介新产品。

岳阳　稻虾米与无人机

没想到，越是价格高昂的最新机械，大家越是充满兴趣，他们的收入远远超过竹内亮的想象。看来，刚才看到的7万元一台的无人机，不过是"小菜一碟"。

店长指着一位农民说，他今年都买了两三个无人机了。

农民嘿嘿乐着，有人称他"属于年收入百万以上的人"。

哇，这么有钱的"百万大老板"！

店长与人抬起一架大无人机去大田放飞演示。这一架无人机好重，两人抬都挺吃力。

竹内亮上前搭把手，借机确认农民的收入："现在农民真有这么多钱吗？"

店长说："一部分人很有钱，到这里来买无人机的应该都'不差钱'。"

"不差钱"？观看身后盖的一排住房，虽在大田边，起码也是两层楼。

竹内亮觉得，这方面有点像日本农民了，因为机械自动化很厉害，不需要支出人工费用，收入也有更大保障。那么，年收入百万的农民，他的家会是怎样的呢？

在店长的带领下，竹内亮来到"百万大老板"的家。新建不久的住房高大宽敞，装修为白色素净色调，陈设也较现代，如同城里人的住宅。

竹内亮与主人打趣："百万大老板啊，应当有洋房、奔驰车嘛，赚的钱去哪儿了？"

主人回答，他在城里买了房，还给儿子买了车，儿子娶媳妇也得花大把的钱。而且，房子买了两套，不用还贷款的。

店长补充说："他直接用现金买的，看中了只用说'就这一套了'，全款，好爽。"

主人自得地哈哈大笑："有现金的话，你到哪里看房，售房员都紧紧跟着你屁股走。"

主人在地头还有一间蓝色铁皮屋，那里存放着无人机和作业机

械，遥控器随便放在一角。

竹内亮"批评"他："遥控器不能这么放，必须放在抽屉或比较凉快、没有灰尘的地方。如果在我们公司这样的话，会被骂死。"

店长在一旁帮他解释："遥控器对他来说，就是一件农具。"

他俩抬出一架无人机，拌好农药灌进去，看来到了杀灭害虫的季节。

"百万大老板"大大咧咧，顺手一按那台随便放的遥控器，无人机呼地就上天了。

中国改革开放初期，即使在大城市，出现一个"万元户"都是了不得的奇迹，会上报纸、广播和电视，引起千家万户的羡慕。如今，农民都可以当上"百万大老板"，能用现金全款购买两三套房子。他们顺应了时代潮流，不愧是古代农耕文明的后裔、长江文明的子孙，总是走在前头。

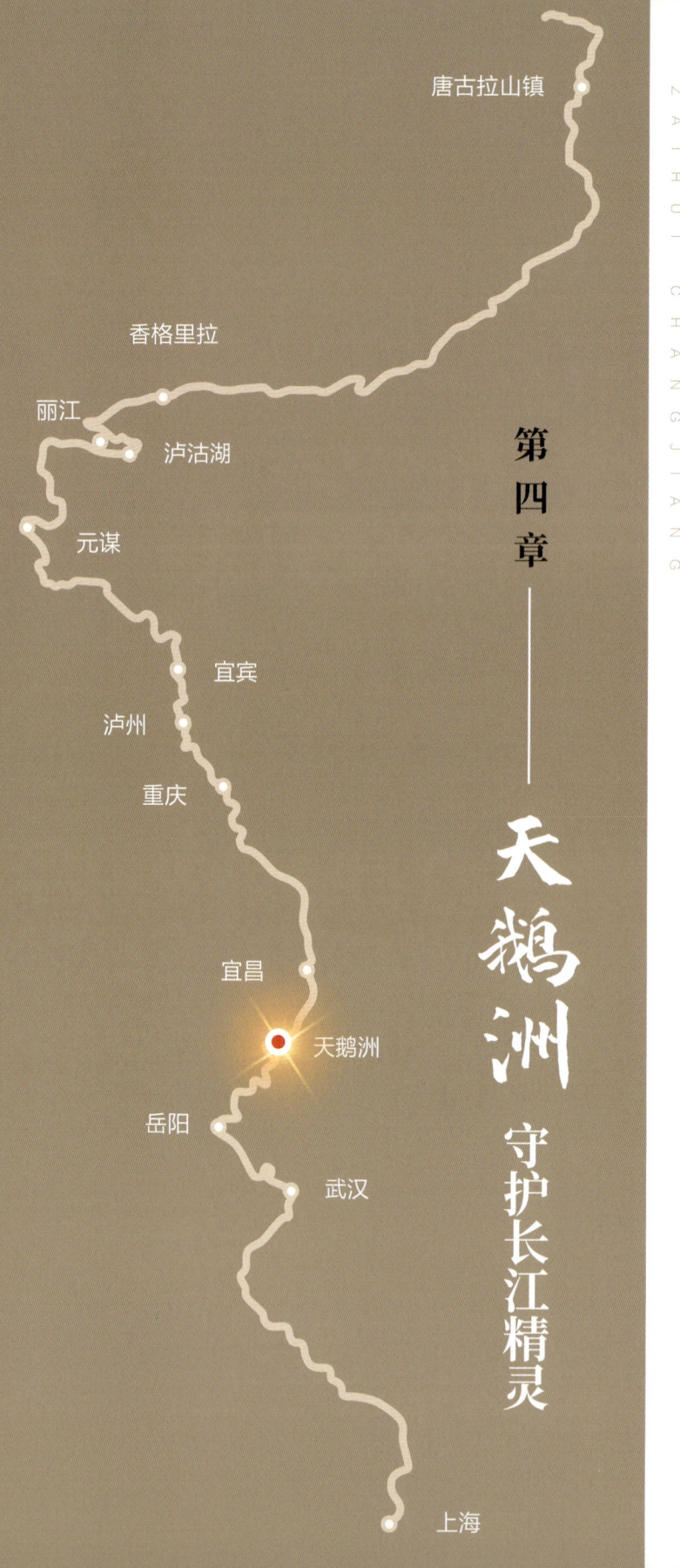

第四章

天鹅洲
守护长江精灵

ZAIHUI CHANGJIANG

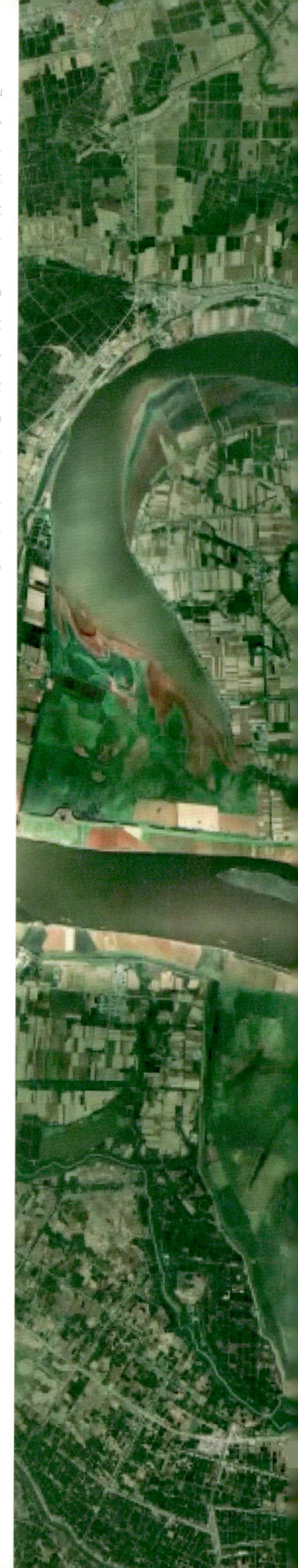

唐古拉山镇
香格里拉
丽江
泸沽湖
元谋
宜宾
泸州
重庆
宜昌
天鹅洲
岳阳
武汉
上海

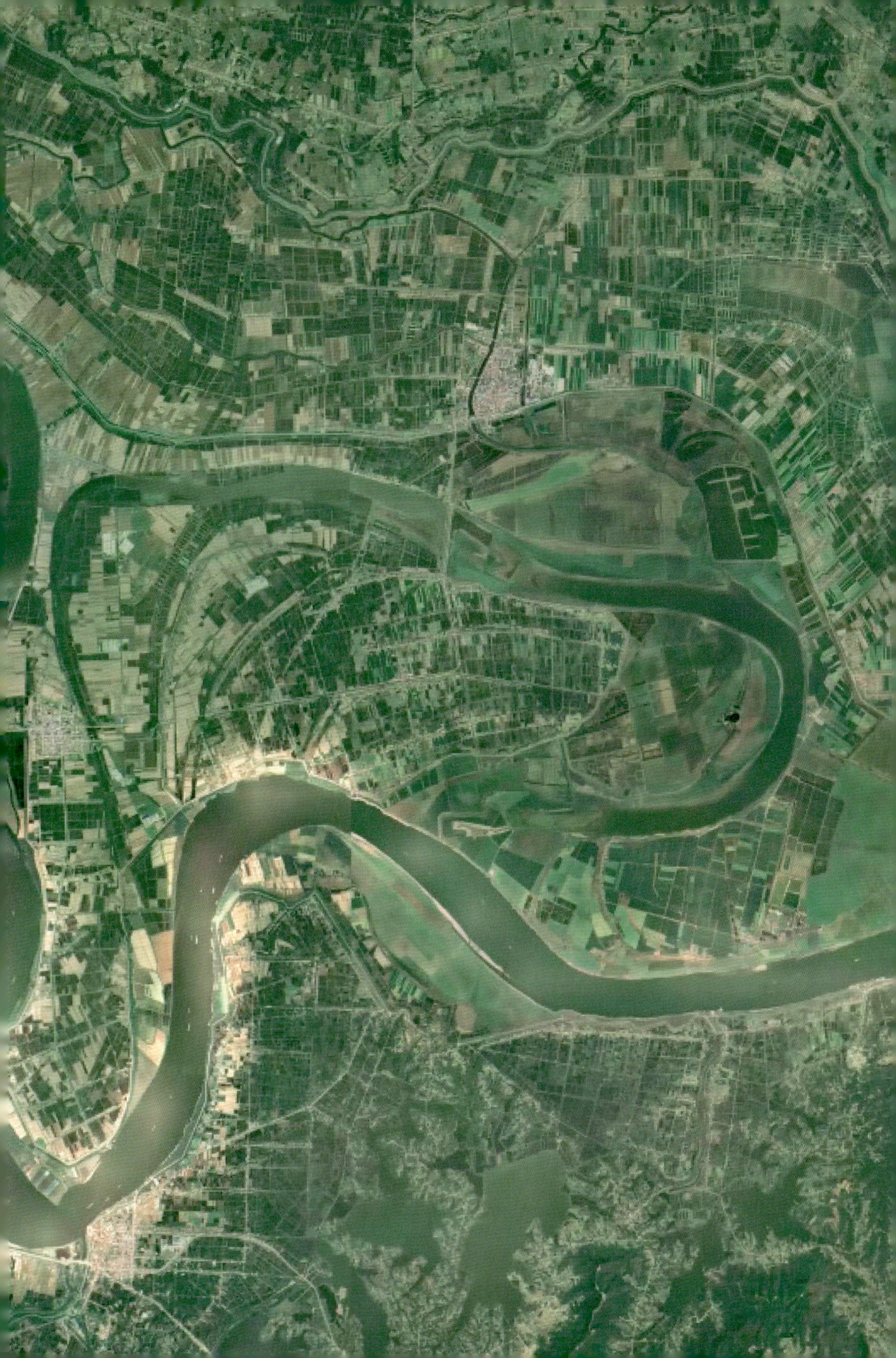

宜昌，与葛洲坝遥遥相望，江岸"渔家乐饭庄"一处高台棚廊下，众多摄影者一字排开。一名摄影者戴一顶伞形大帽子，头顶烈日独立江滩岩石上，大约那儿的视线更开阔。他们一个个屏声息气守着摄影机，盯着镜头中江水的微小波动，眼睛也不敢眨一下。

没错，如此专注的摄影者是在"捕捉"长江小型鲸类——江豚。江豚是濒危物种，数量不多，拍到它需要耐心和时间。

竹内亮悄声问近旁一位摄影者："今天拍

天鹅洲　守护长江精灵

杨　河/摄

到了吗？"

"拍到了，"摄影者为他回放照片，一头江豚跃出波涛，头部迎面而来，"这一头好大呀！"

摄影者微笑，这是他差不多每天都来守候的成果。一旁有位女士向竹内亮夸耀他是"我们宜昌的名人"，他急忙表示"不是名人"，女士改口称他"江豚的守护者"，他似乎觉得满意。

在宜昌，这样的"江豚的守护者"不在少数，另一位名叫杨河，拍到了各种状态的江豚，以至于新闻记者常常采访他。他对江豚的情况如数家珍："过去只有1012头，今年已经有1249头……"说着说着，发现前方有异常情况，他赶忙扬身挥臂喊话："等一下，等一下，你的飞机不能飞！"

有人使用无人机拍江豚，杨河耐心劝导："这里是禁飞区，无人机对江豚非常有影响。你在这里飞的话，我们这里的江豚就要离开这个区域了。"

据说江豚对声音非常敏感，它们曾经受到无人机惊吓，从这片水域消失达两个月之久。好在江豚已经不那么害怕货船了。但为了不干扰江豚的生活，货船的航线也被严格规划和管制。

竹内亮问："这边的江豚比以前多了吗？"

又一位摄影者热情介绍:"我们长江大保护的结果,可以用一张照片来表述,那就是'大鱼吃小鱼'。"他亮出一张照片,展示一个"食物链":"非得要'大鱼吃小鱼',才是一个良性循环的生态系统。"江豚数量的增多,离不开鱼虾的大量繁殖,所以必须坚持"十年禁渔"的严格政策。

应当说,"十年禁渔"已初显成果,杨河拍到的江豚照片就是一个证明。江豚有浮在水波的,有跃出水面的,还有两头亲昵嬉戏的……很叫竹内亮羡慕。10年前,他没能拍到野生江豚,为什么仅仅过去10年,就会发生如此大的变化呢?

长江人的"掌中宝"

为了寻找答案，竹内亮转头到湖北石首的天鹅洲探访长江江豚保护区。

长江出三峡后，在五百里荆江范围内"九曲回肠"，几经演变留下不少长江故道。其中，在石首境内的"九曲回肠第一弯"，有一片长江中下游保存最完好、最具独特性的湿地——天鹅洲。1972年，航道整治时"裁弯取直"，形成一个新月形独立水域，汛期与长江相通。这里上下90公里江段，曾经分布有白鲟、中华鲟、江豚、胭脂鱼等珍稀野生动物，而岸上的大片芦苇沼泽湿地又是麋鹿的天下。

天鹅洲水湾安静而洁净，恰到好处地做了100多头江豚的"安全港"。竹内亮希望能在这里拍到江豚的特写画面，以弥补在葛洲坝那边落空的遗憾。

三脚架支起摄影机，然而一个小时过去……今天真的一头也看不到吗？竹内亮有些失望，抬脸怪老天爷——是风太大了吧？

保护区工作人员徐春永热心邀请竹内亮到监控室，调看前两天风小时候的画面，或许能发现江豚出没的规律。

一栋三层白色小楼，楼体侧面整整一面墙上画着一头可爱的江豚宝宝，它的眼睛亮闪闪的，嘴角上翘，露出

微笑，游向一只大手的掌心。确实，江豚已是长江人的"掌中宝"。

楼前大门旁，挂着白底黑字牌子——"湖北长江天鹅洲白鱀豚国家级自然保护区管理处"。长长的名称还不够，另外一块牌子显示它同时还是"长江江豚保护基地"。

白鱀豚是古生物的活化石，被誉为"水中大熊猫"，更有"长江女神"的美丽传说，印在了"国家名片"纪念邮票上，为全球所珍视。1980年，长江湖北嘉鱼段救助了一头幼年雄性白鱀豚，送到武汉东湖之畔的中国科学院水生生物研究所人工饲养，以其珍奇之意取名"淇淇"。令人痛心的是，2002年"淇淇"离世之后，白鱀豚再无确切的活体观察记录。2007年8月8日，英国皇家学会《生物信笺》发表报告，宣布白鱀豚功能性灭绝。

ZAIHUI CHANGJIANG

长江江豚，俗称"江猪"，是全球唯一的江豚淡水亚种，已在地球上生存2500万年，被称作长江生态的"活化石"和"水中大熊猫"，仅分布于长江中下游干流以及洞庭湖和鄱阳湖等区域。体长一般在1.2米左右，最长的可达1.9米，貌似海豚。2003年被列入《世界自然保护联盟濒危物种红色名录》。

江豚与白鱀豚一样印在了"国家名片"纪念邮票上，在白鱀豚消失之后，它成为长江仅存的小型鲸类物种，也是长江唯一的哺乳动物。有人也拿江豚与熊猫对比，它的数量没有熊猫多，处于极度濒危的境地。保护江豚，成为一项新的重要使命，它真该是长江人的"掌中宝"。

长江的指标性生物

进入监控室，大屏占满了一面墙，分切为 20 多个画面，展示各个监控部位的情况。在全长 20 公里的江豚保护水域内，设置了数百台摄像机进行实时监控。这天的大屏上，清晰记录了时间——"2023 年 3 月 14 日 星期二 11：25：50"。最近，保护基地又将长江干流长达 80 公里的江段纳入了监控范围。

走进另一间更大的监控室，见到整墙一面更大的屏。这是"联想长江生态保护智慧大屏"，由保护基地和联想集团合作，共同推出了首个江豚保护智能解决方案，它能将监控系统原本支持 30 天的存储提升至半年，更有利于江豚的生态研究。

为什么联想集团要做这个呢？

联想集团大数据开发工程师尤旭向竹内亮介绍来龙去脉："我们是想对长江大保护做出点贡献，但如果只是捐钱，直接给一笔钱就走，这样没什么意思。"她指点大屏不断变换的图像表示，她比较满意的是"地理位置设计"——通过全球、中国、湖北直至荆州、天鹅洲、保护基地逐级推进，就会清晰地知道："哦，你在这儿。"

大家都会心一笑，竹内亮明白了：这套智能解决方案能记录江豚活动的轨迹、数量的变化、巡护的情况。在不远的将来，收集来的数据交由人工智能分析，能让大数据成

为保护江豚更准确的向导。

尤旭说得兴致勃勃，邀请竹内亮"喂鱼去吧"，转身向江边跑去。别看她挺斯文秀气的，跑得却很快，竹内亮有点跟不上。

一段长长的栈桥，通向围起来的网箱水池。哇，江豚！好多啊！好可爱啊！

尤旭从塑料桶抓出一条小鱼伸向池中，一头江豚探出头，张嘴就给叼走。尤旭一直忙于大数据，这也是第一次给江豚喂鱼，她特别开心。

竹内亮问："你们联想为什么要跟江豚保护基地合作呢？"

尤旭说："我来到这儿之后，问过工作人员一个问题，就是我们为什么要花这么多人力物力财力去保护这么一个物种。了解多了之后就知道，这项保护并不只是保护江豚一个物种，因为江豚是长江的指标性生物，它好了，说明长江就好了。保护江豚，就是保护长江。"

丁师傅和他的"孩子"

竹内亮意外发现，尤旭身边的网箱饲养员丁泽良师傅是他的"老相识"。

12年前,竹内亮来过保护基地,拍到一场救护行动。一头叫"天天"的江豚受伤,工作人员用布兜细心把它捞上船,打针,上药,然后放回水中。这是一项经常性工作,受伤、生病的江豚都要及时救助治疗,痊愈后回归自然。

当时,丁师傅就在这儿"喂鱼"。

12年了,丁师傅始终留在这里照顾江豚。他曾是长江渔民,不打鱼后"转型"当江豚饲养员,一当就是快20年。

竹内亮跟随丁师傅到饲料室,台案上摆放着几个塑料箱,里面装满不同品种的小鱼,他挑选小鱼分别放入三个塑料桶。两桶满满的,一桶只刚刚盖满桶底。

竹内亮对后一桶不解:"这是一头江豚的饭量吗?"

丁师傅解释:"这一头江豚只有8个多月大。"

哦,原来饲料也是要精心计量的。竹内亮刚明白,又见丁师傅给桶里小鱼撒盐。

竹内亮问:"江豚喜欢吃咸的?"

丁师傅说:"给鱼的表面消毒。"

娇贵的长江精灵,享受着不错的待遇。

丁师傅的工作很特别,为了促进江豚的繁殖,他专门负责照顾雌性江豚和它们的幼崽,还有受了伤的野生江豚。

丁师傅闲不住,有空便操一竿网兜,打捞池中的浮游脏物。原来江豚特别爱干净,对水质的要求高,而网箱和江水相通,细小杂物可以

漂进来，必须随时清理。

坐下来，丁师傅开始喂鱼，江豚就像他的孩子，纷纷起水，轮流进餐。丁师傅对"江豚家族"挺熟悉，他告诉竹内亮："这头瘦一点的是爸爸，叫'天天'；那头胖一点的婴儿肥叫'萌萌'，是'天天'的儿子。"

竹内亮学着喂鱼，丁师傅让他戴手套——江豚皮肤非常嫩，划伤后容易得皮肤病。饲养江豚有挺多讲究。

江豚一个个直立起来进餐，却只吃丁师傅喂的，而对竹内亮手里的鱼完全不理睬，好让竹内亮"气恼"。终于，"萌萌"上来一口吞下他手中的鱼，乐得他直夸："萌萌好可爱！"

江豚一天得喂4次，早晨7点，现在是11点，下午4点，晚上是7点半，还要根据季节调整时间。

丁师傅一年365天每天都要喂江豚，他说临时可以有人替代，但时间长了不行，因为要每天掌握它吃多少、有没有什么变化，所以他基本上没有休息日。

网箱的负责人称赞丁师傅："他照顾江豚的精力，比照顾孙子的精力都还多一些，真的是非常难能可贵。"

江豚对环境的变化非常敏感，丁师傅不放过它们任何一个微小的身体变化，一直坚持独自一人照看。喂鱼之后，他回到房间也不得闲，在桌上认真填写表格，将观察到的情况一一做记录。

竹内亮看到一个"便"字，感到不解，丁师傅告诉他：就是大便，具体到大便的颜色、形状等，比如这次填写的是"灰色，散开"。每次喂鱼，都要尽量把江豚引到跟前，要是有问题的话，该用药的用药，该跟专家反映的要及时反映。

丁师傅的"最重要"

丁师傅全身心放在江豚身上，甚至为了能在需要的时候随时赶来，他把家搬到了保护基地附近。

江豚吃饱了，丁师傅该回家吃饭了，他邀请了竹内亮。

丁师傅的老伴做好了几个菜，桌当中的火锅是一个大铝盆。竹内亮请她坐在丁师傅旁，方便一起聊聊。

老伴一开口，江豚是主题，她说丁师傅一年365天天天上班，一天都没离开过江豚。

竹内亮问："那你支持他的工作吗？"

老伴说："支持，习惯了，习惯了！"

竹内亮问："为什么支持他？"

老伴说："他喜欢嘛！"

竹内亮问："有没有跟他问过，'老公，能不能改行啊？我太累了。'"

老伴说:"有时候也跟他吵架啦,很正常,但晚上看他辛苦,也帮他去喂。我喂一个网箱,他喂一个网箱,就快一点嘛。"

丁师傅一直微笑不语,竹内亮对他说:"你不要一直'哄'江豚,偶尔要'哄哄'老伴,你老婆比江豚重要,真的。"

老伴连连表示:"我不重要,我不重要,他的江豚重要。"

丁师傅说:"老伴是重要,但是在我的工作当中,还是江豚最重要。"

竹内亮问:"如果孙子回来了呢?"

老伴说:"孙子也不重要。"

丁师傅说:"说起来内疚,她是辛苦的,没办法,两个人就迁就一点。"

不知不觉,外面已是夜色漆黑,到了晚上喂鱼的时间。丁师傅匆匆吃完晚饭又出发,他要重点照顾"萌萌"。"萌萌"出生才两个月时,遭遇一场暴风雨,它的妈妈受到雷电惊吓后开始绝食,最后不幸死亡,幼小的"萌萌"只能靠母乳生存,所有工作人员都为此感到绝望。

丁师傅 24 小时夜以继日,数十天不间断喂养"萌萌",终于拯救了它的生命。"萌萌"存活长大,是全球首次人工喂养江豚宝宝的

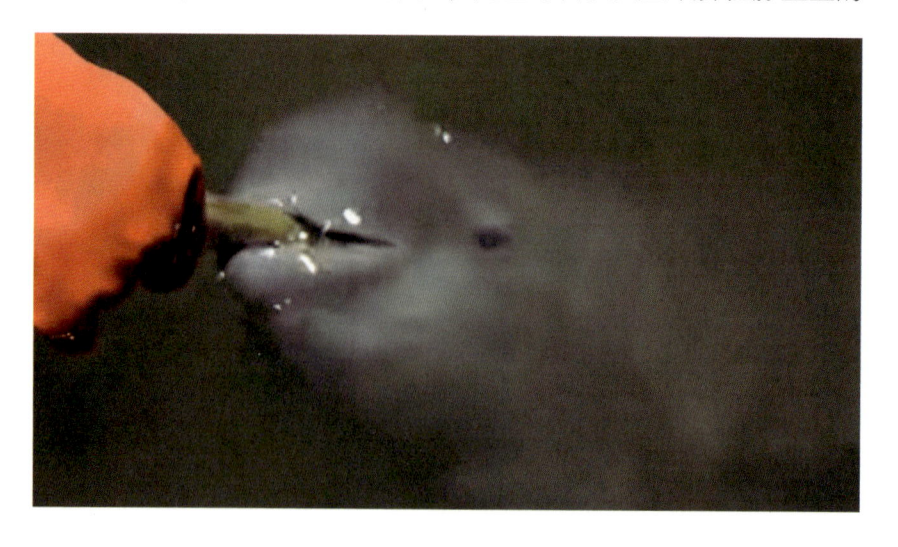

成功案例。

竹内亮问丁师傅："那你打算什么时候退休？"

丁师傅表示，到年龄就退休，还有 4 年多。

竹内亮知道现在年轻人不大愿意干，这是一份 365 天没有休息的工作。

丁师傅表示，那只有采取轮班制解决。

竹内亮："你自己没想过轮班吗？再找一个人，然后你们两个人轮班，那不轻松多了吗？"

丁师傅说："我是想找一个人轮班，但还是一个人的责任心大些，有两个人互相指望就没责任心了，我不放心。"

竹内亮问："那你的动力是什么？你为什么那么拼呢？"

丁师傅回忆，1990 年代捕江豚的时候，他听到生物研究所的专家跟学生说："白鱀豚马上面临灭绝，江豚也会步白鱀豚的后尘。白鱀豚的灭绝，是错过了保护时机，是我们的遗憾，不能再让江豚步白鱀豚的后尘。"

这就是丁师傅的动力，他因此一直坚守这个岗位，想为保护江豚做出一点贡献。

数据工程师的"成就感"

第二天傍晚，在尤旭的带领下，竹内亮决定再次到江边"碰运气"，希望能拍到江豚的特写镜头。

守候的过程有一种寻宝的感觉，总担心一不留神错过。果然，好容易看到江豚的影子一闪，摄像师却"打野"没按下快门。

尤旭亲自上阵掌管摄影机，呼唤着："快点啊，宝贝儿……来！"这一下还真灵，一头江豚冲出来……

"你看，你看，拍到了！拍到了！"尤旭高兴地亮出"胜利"的手势。

人生第一次拍到江豚，竹内亮满心欢喜，他让摄影师回放镜头，三人不由得欢快鼓掌。摄影师点赞画面："棒，棒，特别棒！"

天鹅洲　守护长江精灵

竹内亮借机问尤旭:"对你个人来讲,这个工作的意义在哪儿?"

风吹动尤旭的头发和衣领,她一脸真诚:"怎么说呢?就是你来到了这里,你接触了江豚,然后你会发现,'哇,其实我也为保护长江贡献了一份力量。'"

这一套联想智能江豚保护系统UI和大屏,就是尤旭设计的,她深感骄傲:"我为保护这些生灵贡献了我的绵薄之力,感觉就像是做了一大善事,很有成就感。"

所有关心长江保护的人士看到长江"十年禁渔"的政策得到严格落实,重现"水清岸绿、鸟飞鱼翔"的景象,甚至长江多年难觅踪影的"三剑客"中的鳋鱼、鳡鱼等珍稀鱼类也不时现身。许多和丁师傅一样的渔民改行成为了江豚保护基地的工作人员。同时,又有越来越多联想一类科技企业加入保护队伍,将数字技术更加频繁地应用到生态环境治理中,长江"大鱼吃小鱼"的前景十分美好。

江豚,长江的指标性生物。保护江豚,就是保护长江。对于每天默默守护江豚的人们——宜昌的摄影者、天鹅洲的丁师傅、联想的尤旭工程师,竹内亮心中充满敬意。

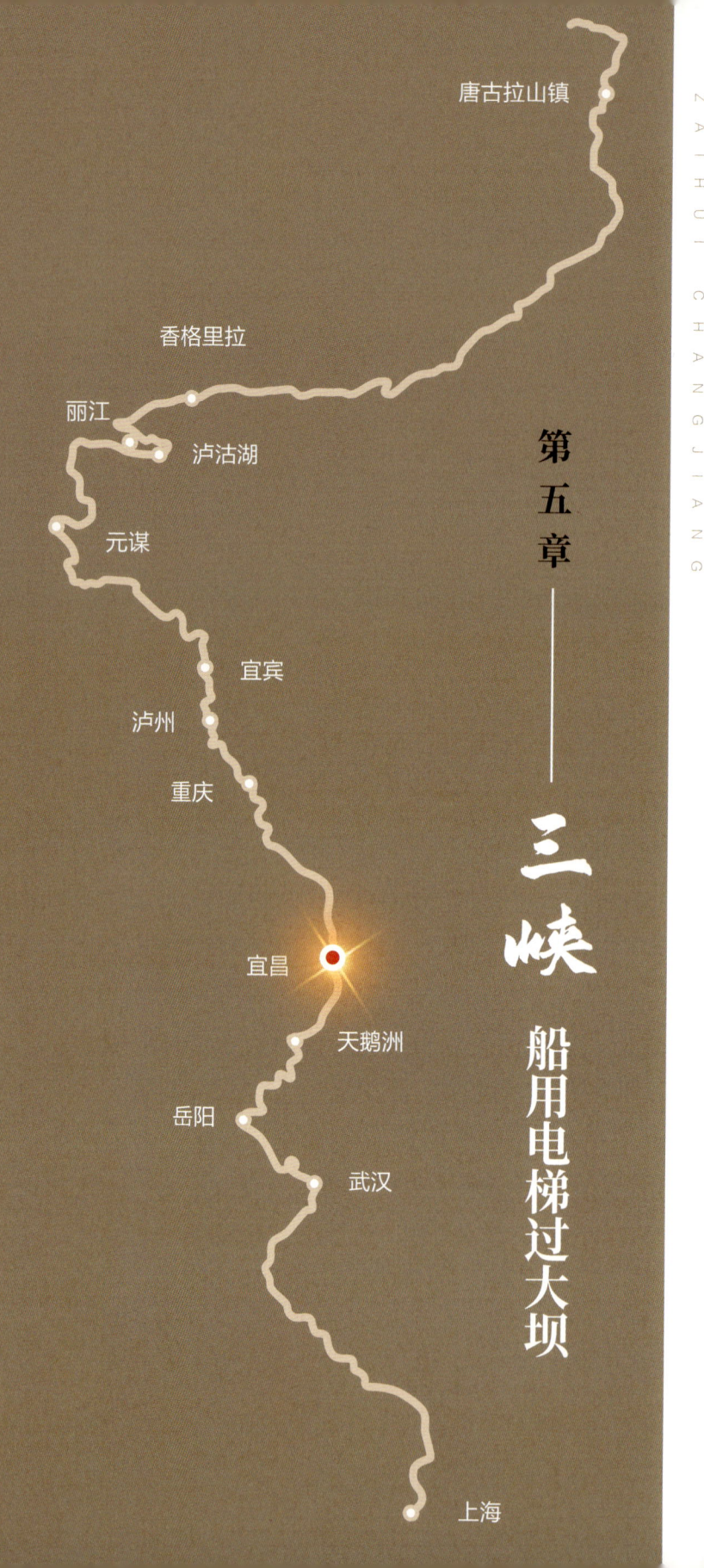

第五章

三峡
船用电梯过大坝

ZAIHUI CHANGJIANG

唐古拉山镇
香格里拉
丽江
泸沽湖
元谋
宜宾
泸州
重庆
宜昌
天鹅洲
岳阳
武汉
上海

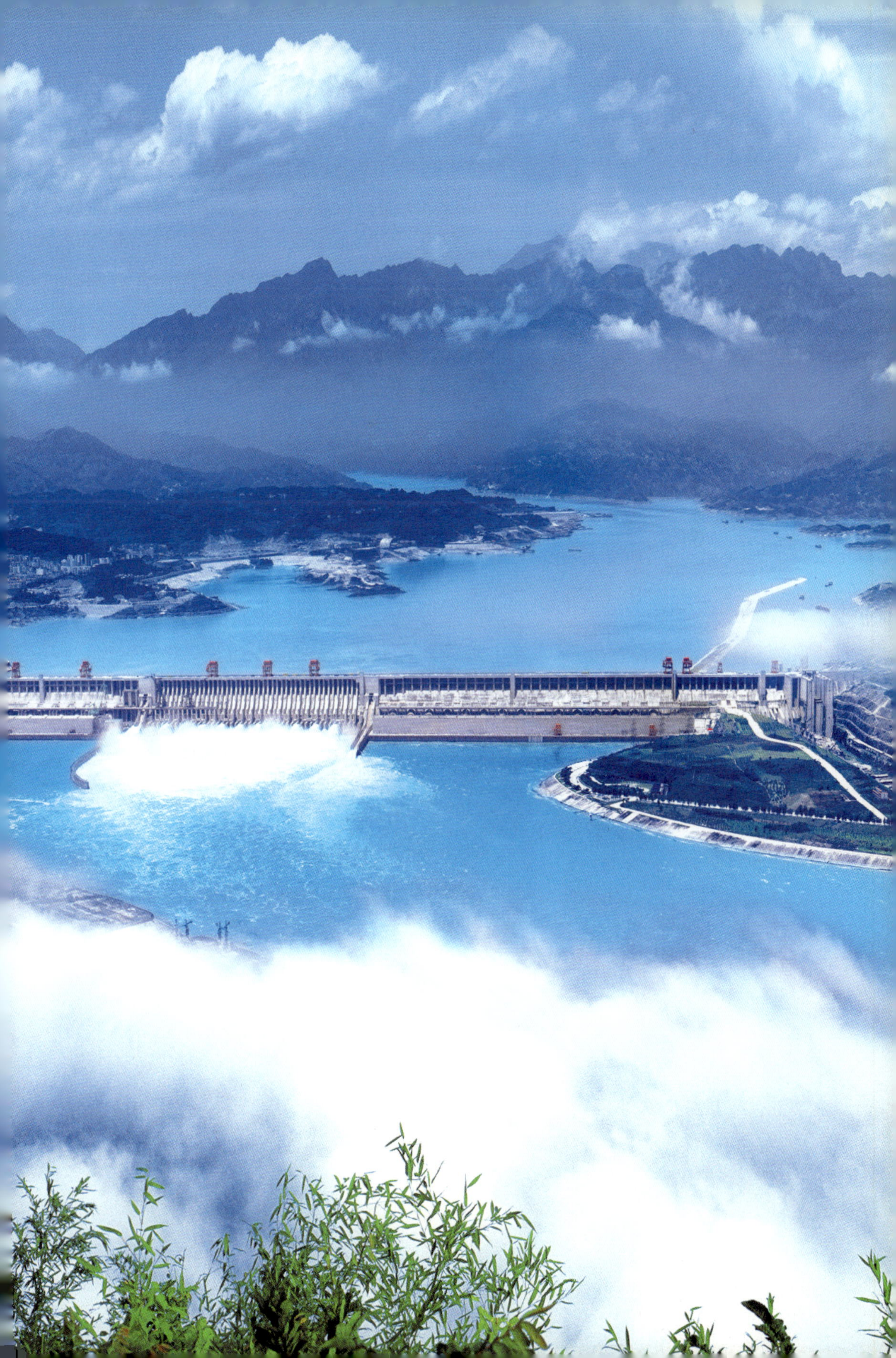

2011年，竹内亮采访过一位船长江洪，因为他姓长江的"江"，名洪水的"洪"，所以他的姓名12年后仍被竹内亮记得清清楚楚。

那是为NHK拍摄《长江天地大纪行》，竹内亮乘坐江洪船长的货船，跟他一起生活了几天。他40岁左右，住长江边，行长江船，是一位见过风雨浪涛的专业货船船长，资历不浅，富有经验。

江洪船长的货船装满集装箱，竹内亮乘坐它穿越三峡，拍下长江首屈一指的美景——三峡风光。他还登上山腰俯瞰，高高的山崖，深深的峡谷，静静的细流，汇在一起不能不叫人震撼。

"这个好厉害啊！"竹内亮一直感佩中国的景色"非常厉害"，但从来没有从这个角度看过高山峡谷，同他此前坐在船上往上看的感觉完全不一样。

货船排队大坝前

这一次,竹内亮仍想乘坐江洪船长的船前往三峡,头年夏天与他联系过了,一直期待重逢的机会。

来到约定地点,竹内亮冲着一条货船呼喊"江洪船长",一个人影马上出现在甲板。

是江洪船长,他还在"指挥"他的货船,不知这12年景况如何。

江洪船长走到船头,扶着铁梯,竹内亮晃悠悠地上船,一个趔趄差点摔倒。江洪船长抱住他,两人彼此打量,连声说"记得""记得""绝对记得""印象很深",拍着肩膀互道:"十几年了……"

江洪船长看上去没大的变化,但"头发有点少了"。他不介意:"就是时间长了嘛,老了是吧?"

货船运载的货物发生了变化,10年前主要运载集装箱,而现在是一堆堆建筑用的黄沙和水泥,全用油布覆盖着。这也是保护长江的要求,

不能扬起尘灰污染江水。

　　船上变化更大的是船员，不仅同船长一样"头发有点少了"，而且年纪大了。10年前，船上的船员年轻得多。

　　一位船员在驾驶室顶部打扫清洗，看上去年纪不小。

　　竹内亮问他的年纪，江洪船长说他马上要满60岁，1963年出生的。这不，马上要退休了。

　　竹内亮关心道："做船员这一行的年轻人多吗？"

　　江船长回答："你看我们船上全都是老年人，一个年轻人都没有。"

　　甲板上，四五个船员在忙活，他们同江洪船长一样，头发稀疏花白，基本上是70后和60后。

　　江洪船长说，现在基本上没有人愿意跑船了，大副、二副更找不到年轻人来当了。

　　踱进驾驶室，北斗定位屏幕上显示航道上有好多紫色三角图形，引起竹内亮的好奇。

　　江船长解释："船呀，停泊的船。"

　　12年前没这么多船。现在经济发展得太快了，长江货运量不断上

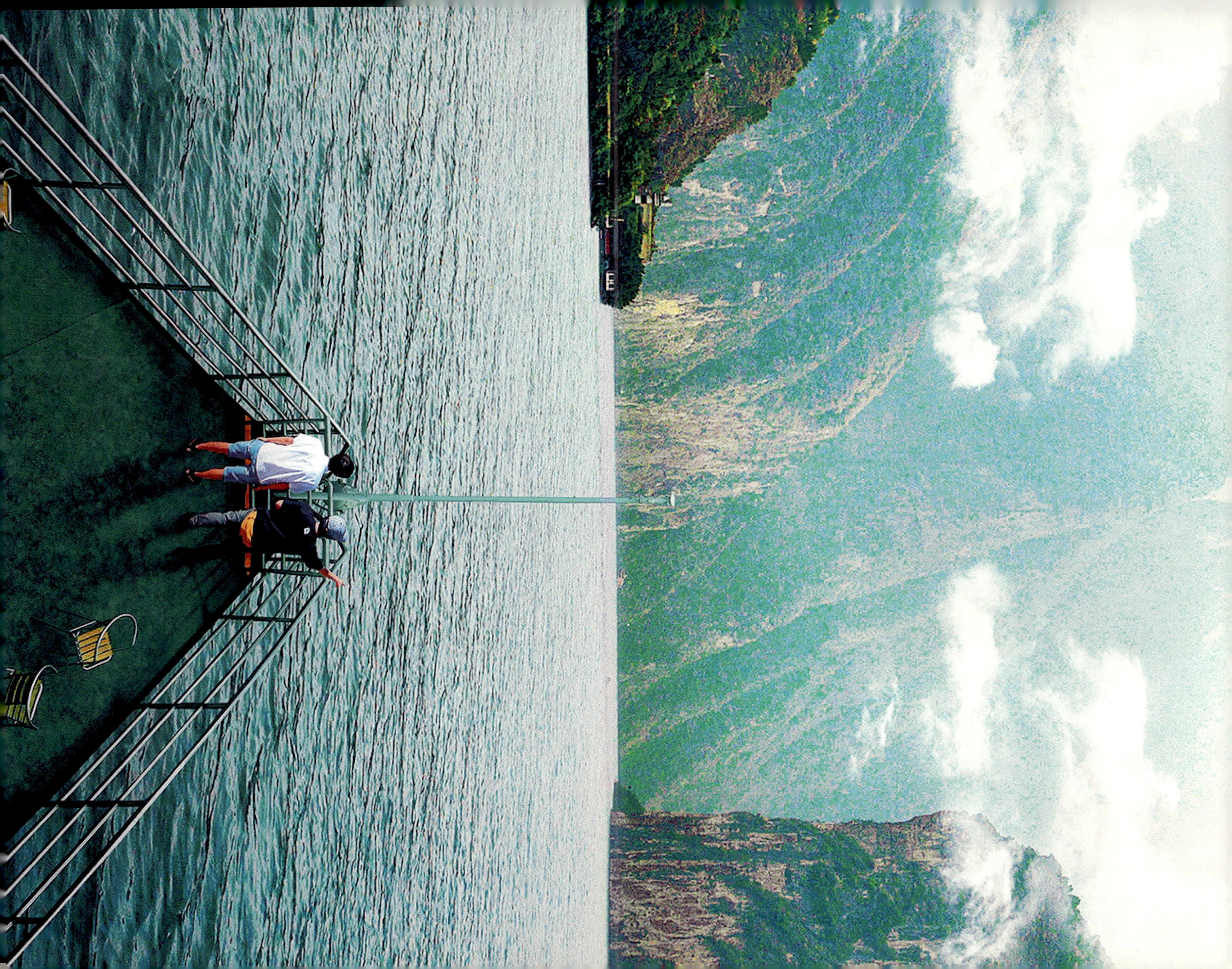

卷三

升，因此通过三峡大坝的船只严重拥堵。放眼望去，前方几十上百艘货船成排成排扎堆停泊，如同赤壁大战中曹操的"铁锁连船"一样"壮观"，以前可没有如此独特的"风景"。

这几天，江洪船长需要耐心排队等待过大坝。对船员来说，这段时间也是一年内为数不多可以回家探亲的日子。

江洪船长很难有机会探亲，他几乎一年到头都在船上，最起码也有330天。

竹内亮实在不能陪着货船等待十几天，只得临时调整计划，放弃与老朋友相聚的乐趣。

晚上，和江洪船长好好喝酒叙旧后，他决定改坐客船前往三峡大坝，将拥堵排队的货船甩在身后。

"总统套房"观江景

难得的机缘，一艘游轮即将出发，竹内亮紧急联系了游轮公司，获得上船及拍摄的许可。

游轮称得上豪华，大厅装修得像舞厅，竹内亮住进"总统套房"——他可从来没有享受过这样高规格的待遇。

走进去，大客厅、大卧室、大床、大沙发……多层的玻璃吧台上，放满了各色饮料。

竹内亮难以置信："哇，这么好啊，这可是游轮啊，我可以占这么大的空间吗？有点不好意思了。"

这个总统套房位置最佳，房外带有独立的观景台，可以一览江景，每晚需要花费一万多元。游轮公司考虑到可以为他们做宣传，特别是面向日本宣传，因此让整个拍摄团队免费入住，竹内亮也有了入住"总统套房"的机会。

游轮起航，超过停泊等待的那么多货船，竹内亮隔空向江洪船长挥手"拜拜"，祝愿他的货船能早日顺利过坝。

躺在"总统套房"外的观景台，竹内亮惬意地将双手抱在脑后，一边欣赏江景，一边欣赏甲板上一群老年游客拍照。

竹内亮发现，中国富起来了，不像十几年前，虽然也有游轮，但没有现在这么多。在甲板上待了不到一个小时，游轮接二连三不断来往穿梭，甲板上的老人也不断换装，相互拍照留念。

竹内亮不由感叹：时代变了，他们有钱、有时间享受生活。

大坝承载新生活

游轮驶入长江三峡，这是一段激动人心的旅程。

长江三峡自东向西，由西陵峡、巫峡、瞿塘峡三大峡谷相连，一头是湖北宜昌的南津关，一头是重庆奉节的白帝城，全长近200公里。两岸奇峰陡立，峭壁对峙，不时有瀑布从天而降，犹如一道

三峡　船用电梯过大坝

白练飘拂，划破幽谷的寂静。

　　刚过白帝城，就看到岩石上竖有一块长方形巨大标牌，用红色字符显著标出高度——"175M"。这表明，三峡水库正常蓄水位175米，总库容可达393亿立方米。

　　三峡大坝一举改善了长江航运条件，三峡原本险滩密布的狭窄航道拓宽加深，大型货轮可以直航重庆，每年的单向通航能力由1000万吨提高到5000万吨，运输成本随之降低三分之一还多。这样的"市场效应"下，大型货轮的数量急剧增加。

　　水深，江宽，游轮在船尾欢畅地吐出白花花的波浪，不必像过去那样顾虑暗礁浅滩，一路昂首向前航行。两岸重峦叠嶂，长河绝壁，云蒸雾绕，神秘莫测。沉醉其间，移步换景，宛如一幅读不尽的水墨长卷。

　　第二天早上，天上云层绵绵，太阳喷薄欲出，茫茫大雾的另一侧隐约可见的影像一定就是三峡大坝了。

　　在长江三峡筑一个大坝，是几代中国人的梦想。它于1994年动工兴建，2006年全线竣工，花费了12年时间，堪称人类科学利用大

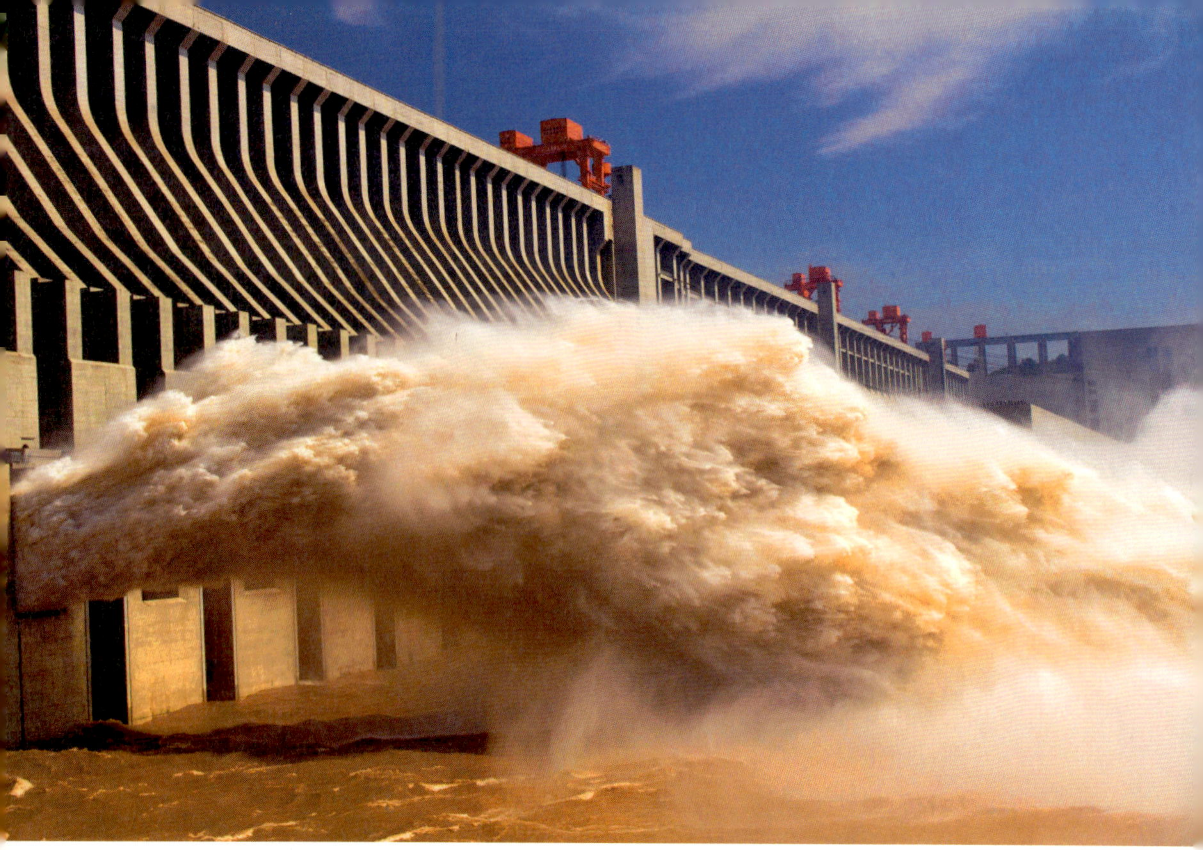
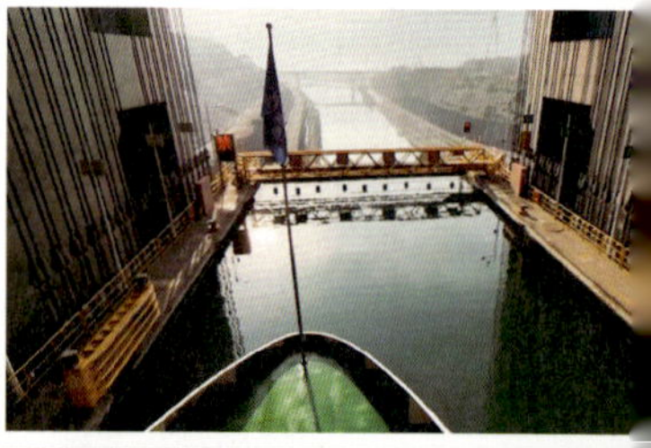
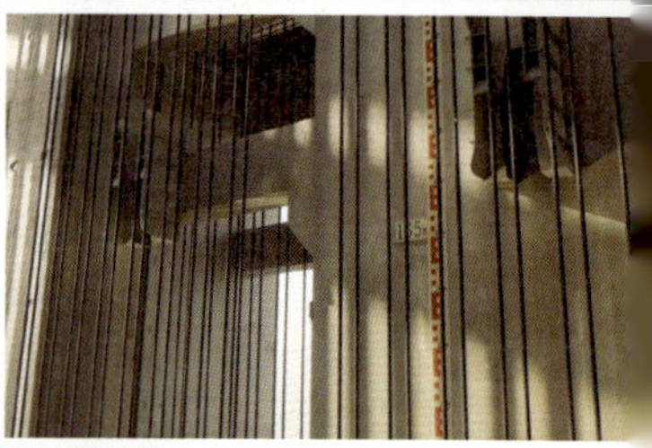
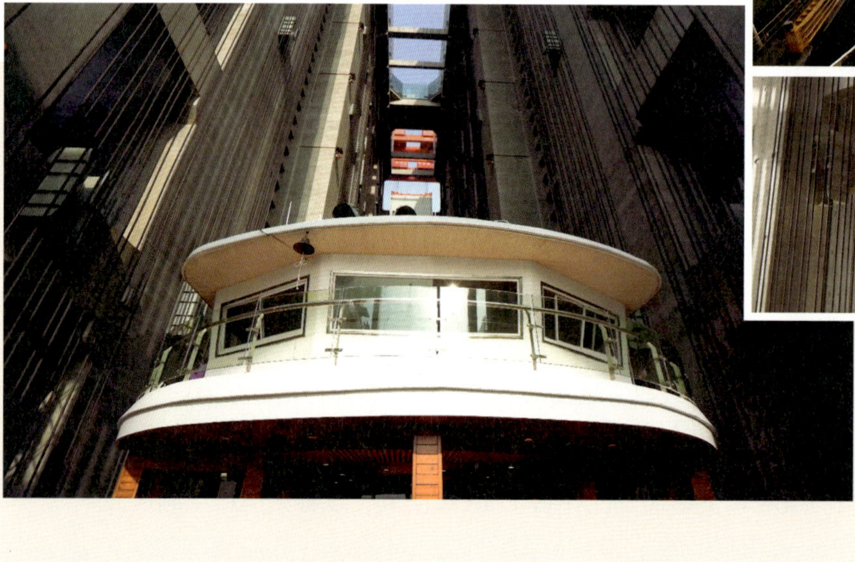

自然的一大杰作。它将防洪、发电、航运、水资源利用集于一体，成为当今世界最大的水利枢纽建筑之一。

2011年竹内亮到此，仰视三峡大坝，惊叹它的宏伟，配得上三峡的地位。

三峡大坝上下水位落差达100多米，游轮究竟是如何通过大坝到重庆那边的呢？

不用担心，这里有一座永久性通航五级船闸，还有一座垂直升船机全天候运行。与以往船闸通船不同，船舶像乘客一样进入升船机的承船厢，像坐电梯一样悬在空中升降，因而升船机获得了"船用电梯"的美名。

竹内亮当年拍摄的时候还没有升船机这样的"硬核"设施，如今升船机本身也成为一个著名景观。当游轮缓缓驶入闸道，游客几乎"倾船而出"站满船头，双臂伸举如林，双掌手机如叶，两耳听到的全是"咔嚓咔嚓"声——人们全静下来享受这一刻，脸上升起了一层庄严神色。

这座升船机于2016年建成使用，可以在113米的水位落差中垂直升降。它是由长江边的武昌造船厂制造的，为全球最大，这也显示了中国制造业的先进水平。

只用40分钟，游轮抵达大坝另一侧，高峡平湖，水阔云低，空中的景观相应发生变化。

一道道电缆伸向四面八方，输往华东和华南，最远的上海和广州都有机会用上长江三峡清洁的水电能源。

竹内亮感慨：三峡大坝简直就是一大传奇，它一天的发电量可以满足500万个家庭使用一个月，既适应了中国连年递增的用电需求，又能防治千年一遇的洪水，还能上下搬运巨大的轮船……

长江涛声依旧，但三峡大坝承载了中国百姓的新生活，受益者远远不止群山合围的库区。

第六章

重庆 最后的棒棒

ZAIHUI CHANGJIANG

唐古拉山镇
香格里拉
丽江
泸沽湖
元谋
宜宾
泸州
重庆
宜昌
天鹅洲
岳阳
武汉
上海

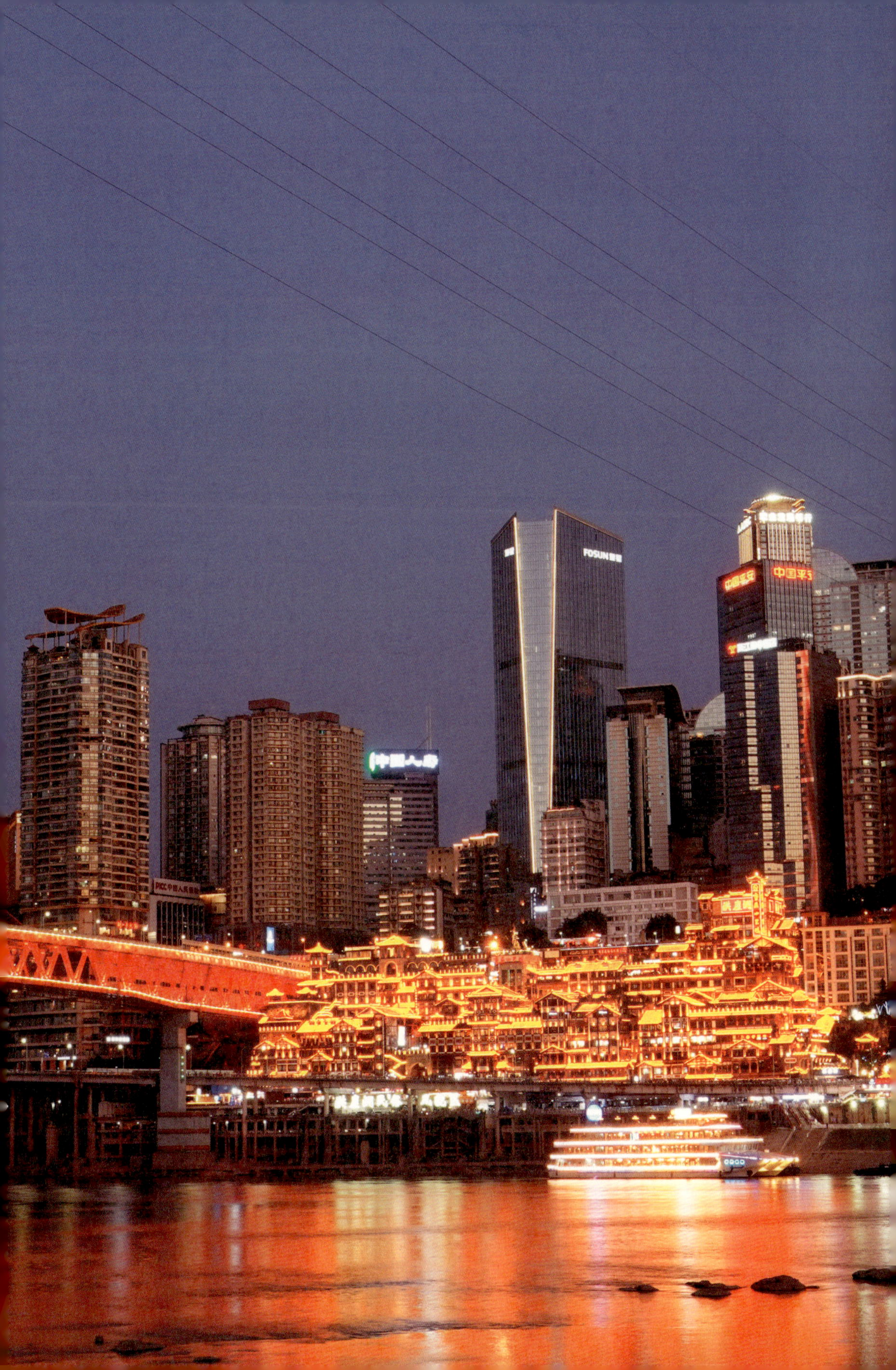

FOSUN
中国平安

轮船进入了瞿塘峡，竹内亮特意站立船首，展开一张10元人民币背面的图案，与实景比对。

图案上的景象正是瞿塘峡，可见它在三峡的地位。

瞿塘峡口北岸，是《三国志》中刘备去世的地方——白帝城。这个小地方有过"长江尽在白帝"的说法，气势十分雄伟，若要观"夔门天下雄"，最佳地点非它莫属。但随着三峡大坝的水位上涨，这里变成了一座岛屿，另有一番景象。

刘备是三国时代蜀国的皇帝，公元221年登基之时遇上"失荆州"，关羽败走麦城被杀，他为报仇发起"彝陵之战"，举兵兴师讨伐东吴，不料孤军深入，中了东吴大都督陆逊"火烧连营"之计而惨败。羞愤交加之下，刘备在白帝城一病不起，召诸葛亮来此托孤。于是，白帝城成为一处名胜古迹，也流传下来"君臣相知"的佳话。

与白帝城相依的著名"鬼城"丰都，同样因为水位抬高搬了家。竹内亮踏上新修的一座桥，左岸高处一片琉璃瓦，右岸满眼一片现代高楼，"旧丰都"和"新丰都"一目了然。

竹内亮"无心留恋"——直奔三峡那边的重庆，一座长江上游的超级大都市。它与武汉、南京、上海一样，都是长江沿岸的名城，在各自的区域担当经济发展的引擎。

渡江索道变景点

重庆，长江与嘉陵江交汇处，如同武汉南岸嘴的一处半岛的尖端，航母一般矗立一座造型奇特的建筑，十分引人注目又似曾相识。

这座大厦是由新加坡商人投资建造的，难怪外形同新加坡滨海湾金沙酒店相像。

一别 10 年，长江水哗哗流过，竹内亮伸手掬一把江水，掌心滑落一串亮珠，比从前清澈多了。那次光临，他完全不想触摸水面，一看水污染就较严重。而且，同样从这里瞭望对岸，不知是雾霾还是雾气笼罩，林立的高层建筑群"不识庐山真面目"，正应了重庆"雾都"的别称。

在 10 年前的纪录片画面上，夜幕中的繁华街市灯火辉煌。那一座闪耀着"Happy 2011"的建筑物，就是重庆

最中心的地标——解放碑。

那时，竹内亮在街头对重庆年轻人随机采访，一起落座火锅店，谈笑风生。如今为了对比，他把这段素材翻了出来，镜头中的年轻人时尚而富朝气，即便置身酒吧夜店，也完全没有及时行乐的浮躁或颓废。女孩子的恋爱婚姻观也很"正能量"，并不认同日本电视报道"找对象非得有钱有车有房"的说法，有一位还直接反问："难道没钱的男人就找不到老婆吗？"

时隔10年再次观看素材，竹内亮感到非常惊讶：当时的年轻人和当下的年轻人并没有很大差别。重庆一直走在时尚前沿，喜欢追逐潮流，但又有自身定力。

重庆作为有名的山城，特色之一是渡江索道横空越过，缆车穿楼来往。如今竹内亮坐上缆车，发现对面高楼有许多人趴在窗前观看。真是神奇，只是过去10年，渡江索道就从当地居民的交通工具变成了外地人的观光景点，算得上新开发的旅游资源了。

重庆依山而建，城中到处都有陡坡，许多地名带有"坡"和"冈"，出行不是上"冈"就是爬"坡"，索道和缆车是帮不上忙的。这种特殊的环境，孕育出了一个特殊职业。

10年前，竹内亮注意到重庆触目可及的一个独特群体——"棒棒"，他们靠着一根棒子上冈爬坡搬运货物，获得了这么个亲切明了的雅号，如同武汉码头商埠的同类群体"扁担"一样。当年他对自己的中文水平缺乏自信，不得不忍痛割爱放弃采访。现在，他的中文能力完全可以聊天对话了，便想实现当年的愿望，用纪录片讲述"棒棒"的故事。

蒋师傅成了"大明星"

一条马路边，二三十位棒棒坐着、蹲着，等待雇主上门。

竹内亮问"谁是老棒棒"，好几位说干了30多年。10年前，他见过较年轻的棒棒，这次像江洪船长的船员一样，几乎一色都是50岁以上的中老年人。或许，又一个行当在没落。

竹内亮握住一根棒棒，问它能卖多少钱，以寻找合适的采访对象。棒棒们有的说这是他们的生计，不卖；有的迟疑，觉得能卖几十块钱吧；有的说这太低了，毕竟跟了自己几十年。

谈笑间，有人叫道："来了，来了，明星！"

远远过来一位老人，戴草帽，穿 T 恤，腰间挎一大瓶水，将一根棒棒横斜背后，棒棒一头挽着的绳串来回摆动，看上去利索精干。这位"正月十三满七十一"的老人是棒棒中的元老，大名蒋培清。

当天，蒋师傅运气不错，已经挑了七八趟，其中行李包就有五趟，而且广场那边还有六个包在等着他。

竹内亮一听暗喜，立马要求跟拍，蒋师傅的伙伴反应快，调侃他"成了大明星"。

路上，竹内亮告诉蒋师傅，自己专拍"小人物"，关注普通人的生活。

蒋师傅反问："那么多棒棒军，你怎么不找他们？"

"因为您是年龄最大的哦，很厉害，"竹内亮抚摸蒋师傅的肩膀，对比自己的后背，"你这个肌肉好结实啊，跟我不一样，我的背好软。"

蒋师傅脚步轻快，前往顾客所在地，完全看不出他已经年过古稀。

一辆车停在高架桥下，蒋师傅二话不说，埋头从车厢里抱出一箱箱餐巾纸、一袋袋卷筒纸，麻利地摞起来捆好，运往停泊在江边的观光游船。

打好绳结，一根粗粗的棒棒穿入，竹内亮蹲下身子跃跃欲试，可将肩膀塞到棒棒下，真是"背好软"，几番咬牙也扛不起来，不得不连连摇手叫道："好痛！痛死了！"

蒋师傅低头往下一钻，棒棒轻松上肩，挑了起来。

竹内亮只好用双手帮着搬三袋筒纸，可还是太

重，只得丢下一袋。即使两袋，他也要顶在肚子上，朝前慢慢挪步，挺吃力的。

前面，蒋师傅可以挑着货物，边走边接手机。

一位71岁，一位43岁，竹内亮对比着，只能笑话自己。

来到朝天门码头长江与嘉陵江交汇处，下到江边怕有几百步台阶，竹内亮腿都软了。

若是"讲古"，朝天门是重庆十七座古城门之一，门楼曾题"古渝雄关"四个大字。之所以"朝天"，是因为皇帝的钦差从长江上岸经过此门进城宣示圣旨。此时在竹内亮眼中，若是从江中往上看，这几百步台阶足有10层楼的高度，地地道道"朝天门"。

竹内亮心中发怵，坐在台阶上歇一会儿，而蒋师傅头也不抬，照旧一步步往下走。

终于下到"朝天门6码头"，还要登上一艘观光游览船，一直送到船上的酒吧，折腾得人精疲力竭。

送一件货物的报酬是5元，这一趟下来，蒋师傅的收入是40元。

竹内亮四处张望，看到岸上一段铁轨延伸到岸边，说了一声"好怀念"，他在2006年拍过这一段铁轨。过去，铁轨上跑缆车，能将集装箱运到上面去，那是很省力的，但现在铁轨报废了。

蒋师傅从1994年开始来这里当棒棒，他知道这里因为修建"来福士广场"，周边竖起了摩天大楼，缆车送进了博物馆，铁轨就没用了。

两人边爬台阶边聊天，拾级而上的蒋师傅肩上没了货物反而要把棒棒当拐杖，挂着它一步一步往上走。

竹内亮关切道："你身体没事吧？"

蒋师傅毕竟71岁了。他有4个孩子，靠这份工作，不，是靠这根棒棒，养大了4个孩子，这么厉害！

竹内亮问："那你孩子已经长大了，不需要你赚那么多钱吧？"

蒋师傅说："我只要能溜得动，没有病，就尽量减轻他们的负担。"

这个夏天，重庆特别炎热，拍摄当天的气温高达40摄氏度，蒋师傅爬上来有点不适，一屁股坐到第一级台阶上，把脸埋在双臂中——他可能中暑了。

蒋师傅的老四没成亲

等蒋师傅体力恢复后，竹内亮穿过楼内一个搭满脚手架的通道，来到他租住的地方。同住的人一看跟着摄像机，不肯放竹内亮进去，承诺不拍摄"只看看"也不行，多亏蒋师傅帮着说服了他。

进屋后，蒋师傅将棒棒靠到门后，就手从门上取下一个塑料袋，从中掏出一个小瓶，说是藿香正气水，问竹内亮喝不喝。

竹内亮问："中暑之后要喝是吧？"

蒋师傅说："中暑之前都要喝，喝一瓶。"

竹内亮喝了一口，苦得直咧嘴。

蒋师傅租的房间很小，只能坐到了床边，床前台板上堆满了小电饭煲、不锈钢碗等杂物。

蒋师傅做的第一件事，是掏出一个蓝皮小本本，记下当天的收入，字迹一笔一画挺工整。

小本本上，每一天的收入都有记录，他是个有心人。

竹内亮了解到，蒋师傅今天赚了100多块，而前几天有100块的，也有80块的。好的时候，可以赚两三百块。

蒋师傅用他的大水瓶补水，主动对竹内亮说，他家老四还没有成亲，所以现在要多存钱，在他结婚的时候帮帮他。

或许，蒋师傅每天认真细致地做记录，是在盘算钱赚得够不够，能不能办一场体面的婚事。

竹内亮挨着蒋师傅坐在床边促膝谈心，蒋师傅挺信任竹内亮的，又主动告诉他：在老家做了两套房子，然后又在长寿湖买了一套房子。蒋师傅的老家，就是产"稻虾米"的岳阳，长寿湖大约是在重庆市内吧。

蒋师傅努力为家人创造新生活，靠的是棒棒这份还能赚钱的活计，从1994年到重庆，一直在拼命干。他没有休息，没有周末，只在农忙的时候回老家，那是为了帮一把老伴。

蒋师傅原是农民，30年前由于务农的收入低，为了赚取孩子的学费，他离乡背井到重庆做棒棒。

在狭窄的厕所，蒋师傅简单擦身，就着墙角的小桌子，与竹内亮"共进晚餐"。两碗米饭，一盘回锅肉，蒋师傅坦率地聊起家常。

竹内亮问："老婆担心你吗？"

蒋师傅说："她担心，刚才送货路上的电话，是她打来的，我没空接。现在，棒棒的活计越来越少，不像过去高速公路没有修通，货物全部走水路从船上来，需要棒棒往上挑。"

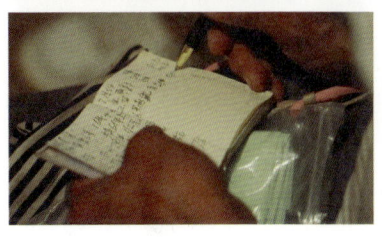

竹内亮问："那你觉得10年后还有人做吗？"

蒋师傅认为也会有人做，只是说越做人越少，他自己打算至多再做两三年，然后就转行。

饭还未吃完，蒋师傅的手机又响了——又有活干了？原来是他老婆来电话，叮嘱他气温高不要出门。蒋师傅让她放心："下午不出去，早上才出门。"末了，他也叮嘱老婆："最高温度上40度了，你在家里也不要出去做事。"

老两口一问一答，相互提醒，相濡以沫，不能不让人眼热。

蒋师傅不甘受欺负

第二天清早，蒋师傅接到一笔大单，早早去了码头。竹内亮赶到时，码头空无一人，只有蒋师傅挂着他的棒棒，和一名工作人员在等待。远远的江面上，一艘五层的大型游轮缓缓而来。

游轮上的游客，就是棒棒的顾客，蒋师傅要把他们的行李箱运上坡。这几年来，重庆成为"网红城市"，吸引了大量游客前来观光。这些源源不断的游客正是棒棒重要活计的来源。

这艘"长江探索"号游轮靠岸，蒋师傅帮着工作人员将下船的扶梯抬到舱门，靠上去。一会儿，他接到了自己的游客，挑起一大两小三个行李箱，躬身就往坡上爬。

炎热的天气，挑着七八十公斤的行李箱，要爬上百级的台阶。蒋师傅换了一件蓝色短袖衫，劲头儿很足，不像头天中暑过的样子。

好容易爬上马路，却看不到游客要乘坐的巴士。蒋师傅有些累了，一边问导游车在哪儿，一边横下棒棒，带动行李箱的滑轮朝前走。

走了好一阵，仍不见巴士，蒋师傅不免抱怨："停得这么远，这不是为难下力人吗？"

巴士停靠在数百米以外，蒋师傅走近，嘟哝前面有车位，不该停得这么远。

司机坐在驾驶室里反唇相讥："是个棒棒不得了！"激怒了另一位年轻一些的棒棒，双方争执起来。

司机凶巴巴下车冲过来，两人"啥子""啥子"嚷成一团，年轻的女导游劝不住。71岁的蒋师傅却很强悍："你敢动一下？你打撒，你打撒……"

司机仍不肯罢休，仗着是城里人，居然连着骂"龟儿子傻农民""你拿个棒棒不得了"，引发肢体扭打。

竹内亮和女导游赶忙将双方推开，才平息一场打斗。这也让竹内亮看到棒棒艰辛的另一面，他们处在"鄙视链"下端，无端遭受巴士司机的欺侮。

蒋师傅愤愤不平："开车不到码头，这是整下力人。下力人挑东西又远又重，车子有空位子不停，这是整下力人。"

"这是整下力人。"蒋师傅反复说了几遍。他离开的时候，留下倔强的背影，边走边说："下回遇到这种事，不管在哪个码头，老子挑上来就走了，就放那儿……"

从这一点看，蒋师傅是一位有个性的棒棒，勇于维护自己的人格尊严。

蒋师傅看得清大趋势

回到江边一条趸船上,一群棒棒等候新活计。

一位棒棒对日本有所了解,谈起日本农业挺发达,竹内亮告诉他们:"日本农民有钱,比上班族有钱。"

这位棒棒在行:"日本农产品价格比较高吧?"

竹内亮说:"对,西瓜200块钱一个,所以我们吃不起。农民种地能赚钱,当农民的话,收入还好一点的。"

然而,中国不太一样,因为种地的人太多,种地赚不了钱,所以大多数棒棒来自农村。他们已经预感到在不久的将来,棒棒也会没有活计可干,他们只能回到农村去。

蒋师傅很有些悲怆,仍然对刚才被巴士司机辱骂耿耿于怀,他对竹内亮说:"你也看到了,我刚才受人欺负啊,在一些'高层人'眼里,老棒棒是最低贱的,要骂你是'傻农民'。"

竹内亮表示深深的同情:"我看到了,我心里特别不舒服。"

对棒棒的未来,蒋师傅能看到大势所趋,活得挺明白:"没文化只能干这一行,其他工作也干不了,再说到岁数了,年龄摆在这里,也干不了什么事了,到时候该回去就回去……"

竹内亮的眼睛,聚焦在蒋师傅那张饱经风霜的脸庞上,聚焦在那根饱经汗水的棒棒上:"真的,你们有可能是最后一代棒棒吧?"

蒋师傅似乎不沮丧:"对,对,我们就是'最后的棒棒'。"他还告诉竹内亮,他们发的工作服上就印着"最后的棒棒"

这五个字。说到这里,蒋师傅露出无奈的笑容。

　　竹内亮目视蒋师傅的身影沿着江畔的大楼投下的阴影慢慢离去。他像来的时候一样,将一根棒棒横斜在背后,棒棒一头挽着的绳串来回摆动,还是那样利索精干。

　　随着越来越多的高楼拔地而起,"棒棒"的生存空间却越来越少了。30年来,有无数的"蒋师傅"在人们看不见的地方支撑着重庆的城市发展。

　　此行不虚,竹内亮为能够记录"最后的棒棒"感到十分荣幸。社会在发展,科技在进步,一些事物新生,一些事物消亡,但愿棒棒的下一代比他们更幸福。

第七章

泸州 两个「第一次体验」

ZAIHUI CHANGJIANG

唐古拉山镇
香格里拉
丽江
泸沽湖
元谋
宜宾
泸州
重庆
宜昌
天鹅洲
岳阳
武汉
上海

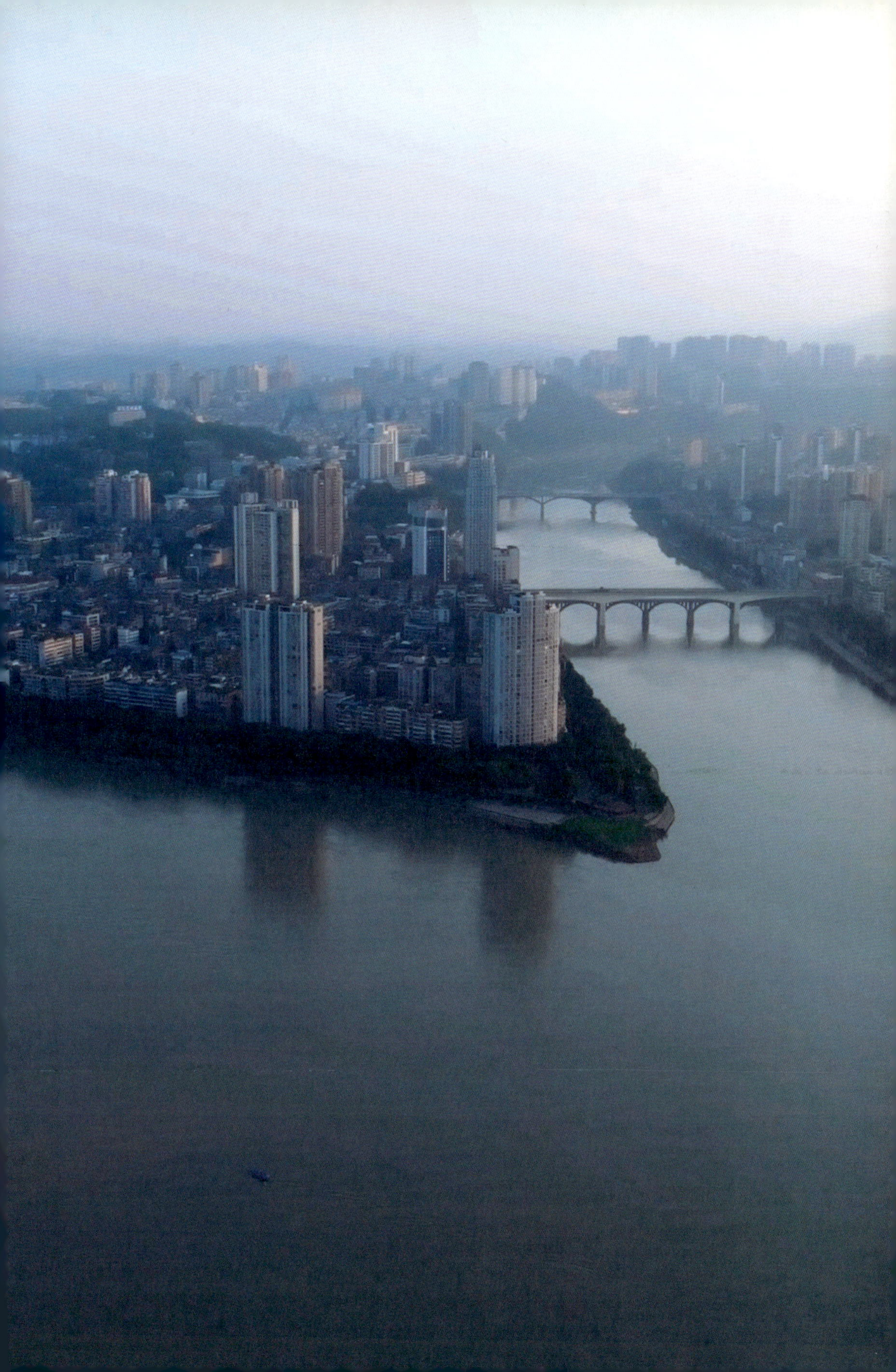

重庆曾属四川，与成都一起构成"巴山蜀水"，1997年第三次成为直辖市。过去，重庆被称为川东，往上走川西，泸州、宜宾两大酒城相继依傍长江，为酒客奉献了"泸州老窖"和"五粮液"，与贵州"茅台"相比并不逊色，就看各人对香型的喜好了。

首先到泸州。竹内亮随意在江边闲逛，一家茶社门前，一群老人好安逸，围坐一桌又一桌，不是打牌，就是看打牌。不远处，兀立一座青铜雕塑，居然是一只硕大的壶。

这壶可不是茶壶，而是酒壶，古典青铜形制，壶底斜摆，只用一个点如"金鸡独立"，恰好壶嘴下倾，仿佛有芬芳的酒浆流泻出来，醉了长江两岸。

泸州　两个"第一次体验"

　　泸州，"泸州老窖"的产地，一个雕塑把竹内亮的视线牵引到酒城身上。在这里，他体验了人生中的"两个第一次"，都非常精彩，将来一定很难忘怀。

千元一杯"原浆酒"

　　在泸州，城以酒兴，酒以城名，"泸州老窖"就是古城的代名词。

　　物华天宝，琼浆玉液，"泸州老窖"自元代郭怀玉开始酿制，经过明代舒承宗掌握定型，再由36家老作坊传承至今。23代为着一窖酒，享有"浓香鼻祖、酒中泰斗"的声誉毫不足怪。

　　1952年，泸州老窖入选首届"中国四大名酒"，至今保持着中国浓香型白酒发源地的地位。

　　竹内亮不能不去泸州老窖酒厂拍摄，一把酒壶的雕塑远远不能满足他的"酒量"，但又苦于没有门路一品芬芳。

　　幸运的是，竹内亮在网络上募集当地向导，响应者居然是《泸州日报》的记者，这太好了！有当地的媒体记者帮助，他顺利得到了拍摄许可，一路绿灯。

　　一扇大门古色古香，朱漆满铺富贵吉祥，金色乳钉森然排列，门楣"中国第一窖"横匾，霸气自不待言。

　　大门如此，门内的作业空间也大得令人惊讶，窖池热气腾腾，人影来回闪现，工人挥着大锹翻动操作。

　　据说，这里的窖池已连续使用超过400年。

"泸州老窖"以糯高粱为原料,以泸州特产的软质小麦为制曲原料,其酿造技艺为祖传秘方,外人不得而知。能够确定的是,这种酿造过程非常耗费时间和精力。

工人操作十分投入,并不在意摄影机"扫射",紧张熟练,有条不紊,有一种从容自如的美感。竹内亮以为这是"童子功"养成的,判断他们一定是从小学此工艺。一位年轻女主管却介绍说,他们出自高等学府,大多还是研究生哩。酒厂要求严格,研究生进厂后,不是高坐办公室发号施令,而是首先到车间一线操作,熟悉全工艺流程,慢慢培养掌握火候的微妙技巧。

泸州近水楼台,酿酒的水源自长江的江心,依托上游洁净的水资源优势,再经过一系列精密复杂的工序,最终酿制出美味的浓香型白酒来。

闻香不如识酒。一位工作人员操一把传统木勺,舀出刚刚酿好的原浆,倒满一整杯,让竹内亮品尝。

泸州　两个"第一次体验"

这是可遇不可求的体验,人生第一次。

百分之百纯酒,浓烈的高粱味,味儿很冲。竹内亮感觉完全是在直接饮用酒精,很辣,很辣。一问酒精度——60 到 70 度!

不一会儿,整个嗓子都辣了,嘴巴像着了火一样,逼得竹内亮只顾上下摸自己的脖颈。然而,他感到酒非常好喝,没有掺杂任何东西,没有一丝工业品的味道,不由反复对着杯子闻吸它的醇香。

泸州老窖这么一杯,大约有二两,价值一千块!

工作人员一说,竹内亮瞪大了眼睛,不相信是真的。他一换算,日元可是两万块呀。工作人员告诉他,因为是原浆,这一杯可以稀释勾兑出好几倍。

竹内亮一脸陶醉:"难怪非常好喝,比市面上卖的好喝了好几倍,好喝得不得了。"一千元啊,一千元啊,他抚摸空空的酒杯反复感叹,难舍难分。

桨板一只玩"冲浪"

竹内亮在泸州的第二个"人生第一次",是在长江体验桨板运动——一人一板一桨,专挑激流险滩处冲浪。

冲浪,在海滨城市不足为奇,但内陆的长江上游出现类似运动,不能不使竹内亮感到意外,可能因为这里落差较大、水流湍急吧。

玩桨板的"板友"建立了一个俱乐部,领头的队长大名程勇,竹内亮和大伙一起称他"勇哥"。还有一位大叔精神抖擞,只是胡子有些花白,竹内亮叫他"白胡子帅哥"。

板友之间本不相识,通过网络组织为一个群体,竹内亮不由再次感叹网络的力量真是强大。

泸州　两个"第一次体验"

　　勇哥介绍，世界桨板运动在20世纪中期开始流行，中国在新千年之初引进，他们这一群人玩桨板差不多三年时间了。

　　竹内亮浏览俱乐部的宣传视频，心里多少有点发怵。画面上，浪涛汹涌，桨板沉浮，把握好水势得是一把好手。

　　勇哥考虑细心，为竹内亮挑选出一张宽宽的桨板，先在岸上指导他练习一招一式，然后再让他全副武装下水，只允许他坐着划桨感受体验。

　　尽管如此，面对浪花飞溅，竹内亮还是觉得"太可怕"。

　　勇哥在一旁站立桨板"护航"，不断提示他规范操作。竹内亮鼓起勇气，竟然一次成功穿越激流而下，大家都他为欢呼。

　　可是，航拍的摄像师却没及时跟上，竹内亮不得不再次坐上桨板，一个浪头打过来，就翻落水中。

　　勇哥急呼"上板，上板"，周围桨板都赶过来施救。

　　竹内亮一个激灵爬上桨板，可邻近施救的一只桨板翻了，撞得两人一起落水……偏偏，这狼狈的镜头被拍了下来。

　　竹内亮不无抱怨：帅的时候不拍，只拍我如何丢脸………

　　一边狼狈落水，一边潇洒享乐。那位"白胡子帅哥"尽情在浪涛中"耍船"。那不是桨板，

类似儿童"碰碰船",又像"迷你小跑车",平衡难度更高。而他在漩涡中自如"转圈",表演水上芭蕾一般驾轻就熟,竹内亮眼睛发直。

竹内亮了解到,白胡子帅哥已50岁了,还在上班工作,但迷上了玩桨板,每星期至少要玩三次。

竹内亮为之点赞:"现在的大叔很会玩啊!"

俱乐部的板友涵盖了20岁到60岁之间的各职业人群,大家几乎每天下班后都来江边玩耍。在一张合影上,从美女到大叔,从孩童到爷爷,有50人之多。一个个身形健美、满脸阳光,后排的大叔举起桨板一字排列,那阵形威武得不得了。

板友不仅玩耍自娱,每到夏天游泳旺季,勇哥还会带领大家在江上开展志愿救援活动。大伙完全自愿,全部装备自费,轮流守候值班,不计人工得失。

勇哥说,大家只想利用自己的一技之长回馈社会,这样玩也很开心,因此热衷于这项运动。

两人谈起了长江,勇哥的回答挺朴实:对我来说,长江不只是运动场所,还有她长期积累的文化,我们只是生活在长江边上的一群人,对自己的母亲河,第一要保护,第二要热爱,其实是很简单的。

泸州　两个"第一次体验"

竹内亮意识到，泸州这地方，跟上游水深浪急不一样，跟下游波缓潮平也不一样，长江亲热又有点调皮，是他们的伙伴和朋友。

放眼望去，江滩一线，人们确实在充分享受长江。老奶奶牵着孙儿，在草丛中玩稀泥巴；老爷子自带小椅子，悠闲地坐着看风景……老人们并不知道，他们都成了竹内亮镜头中的风景。

板友相聚吃火锅

晚上，板友在江畔的一家小店聚会，邀请竹内亮一起吃火锅、喝白酒。

坐下来，一位年轻女士与竹内亮调侃："这是长江口，你们那儿是长江尾……"竹内亮高兴地应答，没防着女士下一句是"你们喝我们的洗脚水"……大家笑得无拘无束，举杯欢迎他来泸州做客。

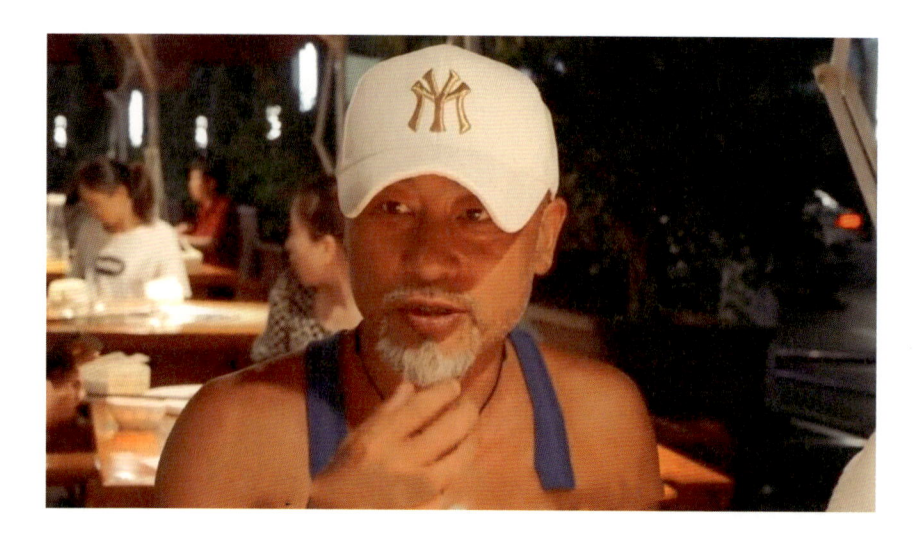

"白胡子帅哥"仍像玩"碰碰船"一样潇洒活跃,他明里称赞"五粮液的口感在中国绝对第一",却把话锋转为了"论香型",顺理成章称赞"泸州老窖的香型绝对要超越五粮液",很是为家乡酒自豪。

竹内亮则称赞为家乡酒自豪的大伙:泸州老窖酒厂的各位,期待着你们的赞助!

身旁一位板友向竹内亮举杯:"欢迎到泸州来玩摆水、喝跟斗酒。"一问年龄,都是70后,对方立即握手表示"相见恨晚"。聊起来,他玩桨板时间不长,但特别专业,让人不大相信进步能有这么快。这位板友介绍,自己是冬泳爱好者,不怕水,"转行"后又特努力。

一位更年轻的板友对竹内亮说:"桨板这个东西啊,最核心的精髓,你应该体会到了,那就是落水啊!只有落水,才能体会到它的乐趣,是吧?"

竹内亮赞成,说"很爽",年轻板友又说:"还有一个'很爽'是'摆水',就是冲浪时对身体产生的一种刺激感,很爽!"

竹内亮问:"所以你们一直待在泸州不出去吗?"

年轻板友毫不掩饰他的热爱:"首先我很喜欢我的家乡我的城市,然后到哪里去也都很方便。要去上海北京一个飞机都可以解决,因此不会影响我的见识。同时生活压力也没那么大,我在宜宾买套房很简单,但到上海的话可能买不起。"

竹内亮说:"请告诉我一下,泸州的魅力是什么?"

"白胡子帅哥"大约酒兴正浓:"泸州的魅力就是'喝酒当喝汤'。此外,泸州人喜欢结交四面八方的朋友。"

啊,这就是泸州,人们的生活和长江紧密联系在一起。

离小店不远的广场上,一群姑娘穿着统一的健身服在跳集体舞,几名儿童蹬着各式轮滑在人群中轻灵穿梭……

第八章

宜宾 悠闲『慢生活』

ZAIHUI CHANGJIANG

唐古拉山镇
香格里拉
丽江
泸沽湖
元谋
宜宾
泸州
重庆
宜昌
天鹅洲
岳阳
武汉
上海

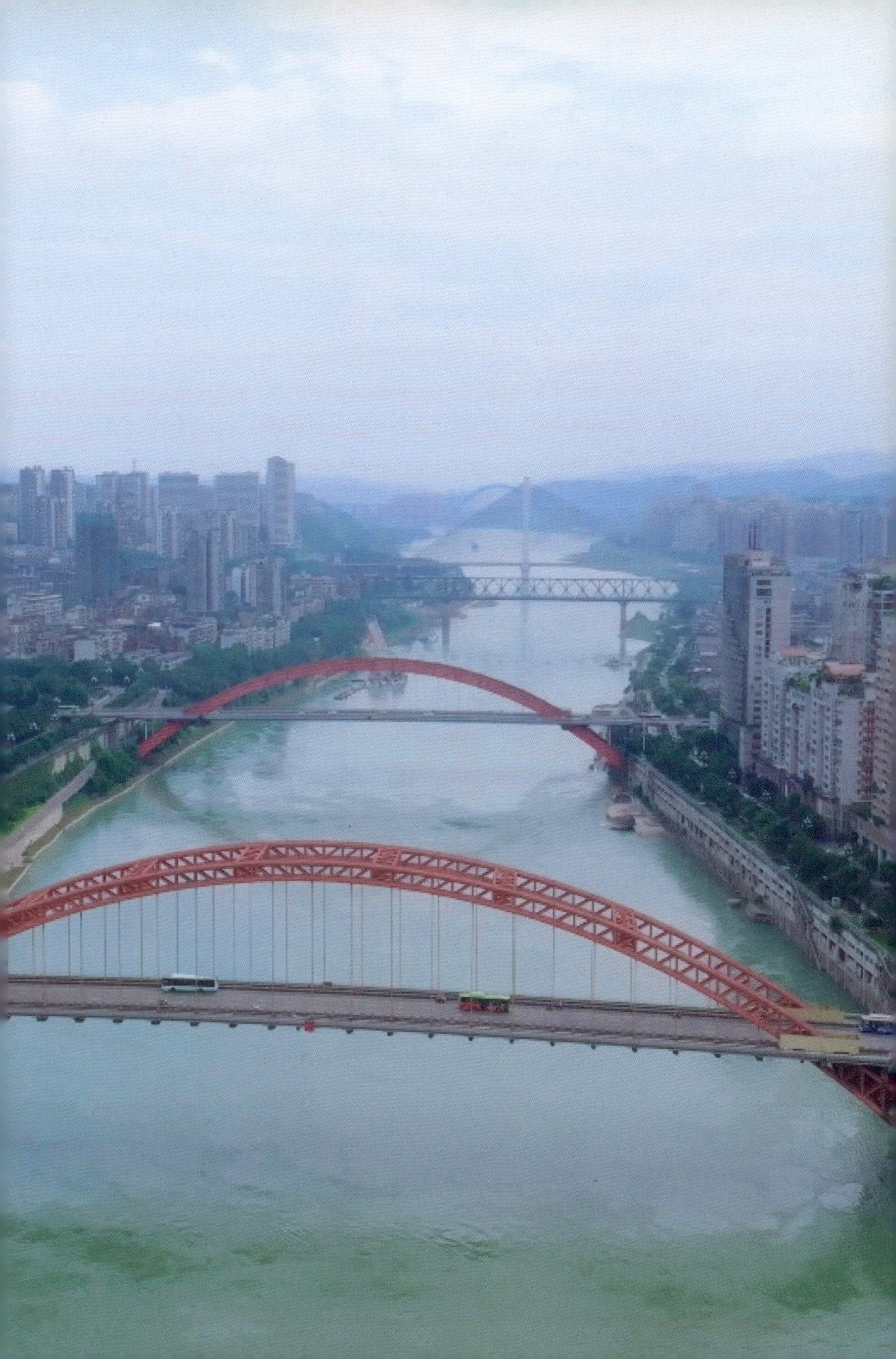

宜宾，长江之首，金沙江之尾，它是长江沿岸的最后一个大城市。宜宾同泸州的相似度很高，同样出产名酒，同样生活安逸。

10年前，竹内亮拍过宜宾的一家迪厅，里面彩色灯光迷离变幻，一位男士一身时髦的皮服，摆动肢体，忘情投入，唱着一首流行歌曲："早知道伤心总是难免的，你又何苦一往情深，因为爱情总是难舍难分，何必在意那一点点温存……"

四周满是喝啤酒的年轻人，有的女孩情不自禁，跟着歌声起舞，和着节拍碰杯。一位女士爽快地对竹内亮说："不管高兴也好，郁闷也好，烦恼也好，宜宾人就是这样过好当下。"

竹内亮十分认同宜宾人这种享受当下的生活方式，如今再访活色生香的宜宾，大桥两头缤纷多彩的夜景已让他对这一趟旅程的期待愈发强烈。

上班前后游个泳

ZAIHUI CHANGJIANG

宜宾有三条江。一条从云南流下的金沙江,一条从成都流来的岷江,两江汇合后形成第三条江——长江。

三条江的交汇处,叫"三江口",又称"合江门",宜宾人无不骄傲,称之为"长江零公里"。

检阅正史,"三江口"一词最早见于《元史·志第十二·地理三》:"叙州路,古僰国,唐戎州。贞观初徙治僰道,在蜀江之西三江口。宋升为上州,属东川路,后易名叙州。"

引经据典,无非想说三江口自古是宜宾的地标。如今这里成为市民亲水休闲的好地方,伫立于新建的合江门广场,周围三江之眼、长江之珠、夹镜楼等景观尽收眼底。

"我来了,我来了!"竹内亮轻唤老友一般来到三江口,发现岷江和金沙江江水的颜色与过去相比反过来了。由于上游云南元谋那边修建大坝拦截了泥沙,曾经浑黄的金

沙江变成碧绿色，而岷江则相对从碧绿色变成了黄色。

如果要用一个词总结从前宜宾的拍摄，那便是"慢生活"。但现在，宜宾一派大都市模样，高楼拔地而起，商铺栉比鳞次，呈现出经济发展的欣欣向荣。

大潮滚滚，宜宾人的"慢生活"节奏会被打破吗？

未必。

江滩只需一根铁链，拦出一条长廊茶座，人们便可以悠闲地喝茶、打牌、聊天。

前边堤坡处，则是另一番景象。大片浅滩形成游泳的绝佳场所，迎面上来七八位汉子，都只着一条游泳裤，肩背一个游泳圈，带着游完长江的惬意走过来，向竹内亮挥手致意。

江中，一位泳者还在悠闲仰泳，身后漂着橙色的"跟屁虫"。

"跟屁虫"是衣物包，换下的衣物放在里面不会打湿，因为吹足了气，还有一定救生作用。

一位泳者起水，坐在椅上擦身。他戴眼镜，小平头，看上去挺年轻，竹内亮以为他跟自己差不多，40岁出头吧，可一问，人家快50岁了，身材保持这么好，整个人挺精神。

泳者很快穿上汗衫，拎起拖鞋，要去上班。他身在繁忙的职场，仍然坚持抽空游泳，要么游完去上班，要么下班再来游。

竹内亮说起10年前来此拍纪录片的经历，泳者是土生土长的宜宾人，热情相告：这边变化很大，特别是建筑方面的变化很大。他指着一幢"玉米棒"形状的高楼，说它有288米，是宜宾的最高建筑。

10年前，这里几乎没有一幢高楼。

虽然三江口的景色发生了显著变化，但宜宾人仍然喜欢来江边玩耍，年轻的妈妈带着孩子戏水，孩子相互打闹激起水花。祥和的阳光下，人们的"慢生活"并没有改变。

老渡口建新大桥

中午，竹内亮决定去吃一碗燃面，既解决午餐，又能品尝宜宾美食。

街角一家餐馆跨在两个路口，八字横楣招牌，两边分别标示：宜宾燃面，姜鸭面。

竹内亮首选燃面，碗大，筷子长，面堆起尖尖。坐到门前遮阳伞下的小桌前，搅拌停当后，双手合掌致意"发动了"。

谁知就一口，就辣得连连呛起来。"太辣了""辣死了""四川人的辣"……好半天缓不过来。

竹内亮问店里大妈："不是微辣吗？"

可人家语气肯定："这就是微辣呀！"

竹内亮平素不能吃辣，首选燃面，是因为许多粉丝都向他推荐。

ZAIHUI CHANGJIANG

燃面，顾名思义，能燃烧？是的，燃面油重无水，点火即燃。它用料丰富，特色在于松散红亮，香味扑鼻，麻辣相间，味美爽口，除了果腹，还可以佐酒，所以成了宜宾人最为钟爱的传统小吃。

带着燃面给予的火辣热情，竹内亮在网络上募集向导，岷江边长大的宋林峰立马来到燃面馆，坐在他身边。

小宋是一位阳光小伙，说他读书的时候，英语老师教了一句日语——"初次见面，早上好！"如是学着问候竹内亮。

毕竟是英语老师教的，这句日语有点怪怪的，竹内亮一字一句纠正，让他以后不出洋相。

店里大妈很高兴吃燃面的是一位外宾，虽然是第一次见到日本人，但意外而不惊讶，交流寒暄友好大方。

小宋曾在一家大企业工作，后来辞职"下海"，经营一家机械制品公司。竹内亮来到他的店子，货架上机械制品琳琅满目。

竹内亮的采访车驶出来，小宋脱口而出："汉兰达，双擎，这车不错。"原来,在所谓机械制品中,小宋最喜欢的是汽车。

竹内亮问小宋:"喜欢丰田吗?"不想,人家的车就是"丰田雷凌"。

接下来要走山路,小宋主动开起"汉兰达",坐在驾驶室摇下车窗,向感兴趣的路人介绍汉兰达:"价位 30 万,内部空间大,油电混动很节油……"仿佛在做"产品推销"。

大约小宋不是酒徒,他没有像泸州的板友那样大谈"五粮液"——这种由高粱、大米、糯米、小麦、玉米 5 种精细谷物为原料的佳酿,是宜宾的特产,历史可以追溯到更远的唐朝,今天更成为"中国国家地理标志产品"。

小宋专注于汽车。上了山路就感觉到他开车老快,一副"艺高人胆大"的架势,让竹内亮感到"有点恐怖"。

小宋打开车载视频,演示油电混合的"工作模式",并一路走一路介绍:什么时候用电,什么时候用油,怎样顺利切换……

小宋是地道的"汽车行家",更是地道的"宜宾通",自告奋勇带竹内亮去看一些"旅行指南上没有记载的地方"。

来到岷江的一个渡口,江上正在建设一座大桥,三个桥墩竖起来,两段桥梁只待合龙。

采访车驶上一条渡江船。小宋说：这个船可能几个月或者一年后就要退役，因为大桥修好后汽车就直接开过去了。

10年前拍长江，竹内亮见过很多这样的渡江船，想必在不远的将来，它们都会慢慢退出历史舞台。这次多亏了小宋，使他不经意拍到了渡船废止前的珍贵画面。

烟草村中吸"土烟"

江那边，一片田野铺向天际，远看有些迷蒙。这里是沿江经济作物带，主要种植烟草和花生，投入产出比高。

小宋表叔所在的村子，家家户户种烟草，称之为"烟草村"绝不为过。

小宋表叔是位中年人，住着一栋两层楼，看上去家境不错。小宋请他制作一支土烟，让远来的客人见识一下。表叔进屋拎出一捆烟叶，这是竹内亮第一次见到原始的烟叶——还未加工的烟叶。

小宋表叔抽出一张烟叶，一点点展开，形状与芭蕉叶相近，但柔软有韧性。他横着从叶尖开始卷起来,然后双手一搓,便是一支粗粗的"雪茄"了,点上火吸两口,吐出袅袅烟雾。

竹内亮看得惊讶,称赞"百分之百原始"。他曾是一名烟民,怎能放过如此原始的"土烟"?接过来,抽一口,像原浆酒一样味很冲,又像吃燃面一样呛着了。

小宋表叔接过去叼在嘴上,悠闲从村中穿过,带领竹内亮去看种植烟草的农田。路上,村民包括老人在内,都在抽自己卷的"土烟",吞云吐雾,自得其乐,冲着竹内亮呵呵笑。

竹内亮说:"好潇洒,自己种的烟草自己抽。"

现在提倡戒烟,纪录片播出这样抽烟的画面,会不会挨骂……竹内亮难免心中嘀咕。

田里烟叶长有一人多高,小宋表叔现场讲解烟叶的生长原理,像小宋讲解汽车一样,很是内行。

沿江一大片农田,全是由岷江丰富的水资源孕育出的农作物。几年前,这里发生过大洪水,大部分土地被淹过,但村民即使知道年年有此隐患,仍不顾风险留在这里。他们知道,岷江沿岸气候四季宜人,地势平坦肥沃,恰是潮涨潮落挟来的土壤成分使其成为种植烟草的适宜之地。

竹内亮问道:"这边的农民相对较富裕吧?"

"不错!"小宋为之"解密","毕竟可以种植经济作物,而且是'无缝衔接',收完烟叶马上种花生、玉米等高收入油料作物。"竹内亮发现,岷江这里的土地非常肥沃,跟金沙江边的土地不一样,什么都可以种,种了马上可以长出来。

小宋为家乡自豪:岷江流域就是"天府之国"嘛!

亲水难舍不离家

为了稍作休息，竹内亮来到小宋家看看，他家住在金沙江边。

这是一栋高层公寓，小宋住最顶层，他的夫人打开门，宽敞的客厅一览无余，一眼看到对面的全景落地玻璃窗。玄关由一个大鱼缸充当，几条鱼摇头摆尾，好似欢迎竹内亮的到访。

家门口摆有几个玩具汽车，小宋解释说孩子较小，"车车比较多"。

"有其父必有其子"——儿子的爱好与爸爸的爱好及经营的产品一致。

小宋家原在岷江边，新家搬到金沙江边，他离不开江。

房子100多平方米，买的时候50多万，现在市值100多万，小宋赚着哩。

室内一角有楼梯，通向屋顶小花园。上得平台，铁围栏上缠绕着葡萄藤蔓，小宋掀开枝叶，丛中悄悄藏着的一串串葡萄已经渐渐红了。另一边铁围栏上，有一棵高高的香蕉树。

小宋怡然自得，说他时常会上屋顶平台晒太阳，好享受。

宜宾的房价比南京等大城市便宜很多，屋顶还能种植南方的水果，这让竹内亮很是羡慕。

傍晚，小宋说要带大家去一个"重要的地方"，竹内亮非常期待。前往之后发现，这个"重要的地方"就是到达宜宾时看到的合江门广场。

哇，好大一片亲水平台，江水漫卷上来，人们打着赤脚，成群结队踩水玩耍，夕阳的余晖映在水中，波光闪闪。

小宋说，大家晚餐后都要全家出动来走一下，踩踩水就凉快了，回家睡觉巴适得很。

竹内亮立即挽起裤脚，打起赤脚，加入踩水的人群。

江水果然清凉，应该说稍有点冷，但很是沁人，很是让人开心。

一排浪头席卷过来，年轻人兴奋地追逐踩水花。三四岁的小男孩也不怕，迎着浪头往水枪口灌水。小宋的孩子气上来了，用宜宾话大喊："凉快啰！凉快啰！"

竹内亮向沉浸在踩水中的小宋提问："宜宾的魅力是什么？"

小宋说，宜宾的魅力就是环境很安逸、生活节奏慢，就是想游泳、想凉快，随时有三条江能到达。他回忆，小时候遇上停电也没事，大家一起结伴去江边，就有了集体踩水这一幕反复上演……

或许是有这美好的牵挂，小宋一直没有离开宜宾这座城市，甚至一直没有离开江边，不过小时候是在岷江，如今在金沙江而已。虽然，他在年轻时想过去外面闯一闯，但结婚生了孩子后就安定了，也喜欢上这种安逸的"慢生活"，再也离不开家了。

ZAIHUI CHANGJIANG

唐古拉山镇

香格里拉

丽江

泸沽湖

元谋

宜宾

泸州

重庆

宜昌

天鹅洲

岳阳

武汉

上海

第九章

元谋

水电移民C组团

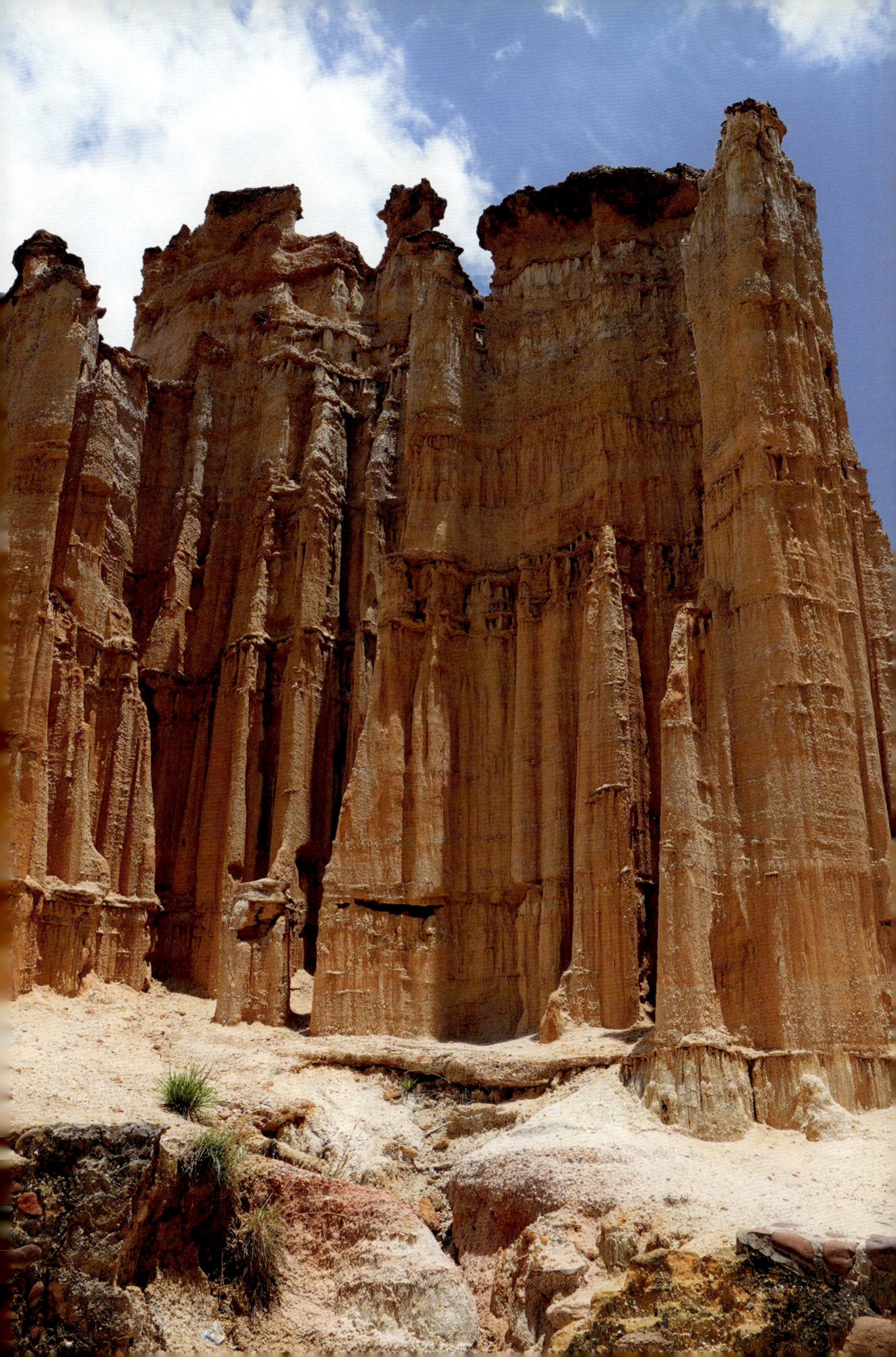

ZAIHUI CHANGJIANG

　　元谋，地名看似生僻，其实为人熟知，它在远古就有早期猿人生活。1965年，在长江边上发现了"元谋人"，它比著名的"北京人"更早，据推断可能已会使用火种。这一考古成果载入了史册，证明长江同黄河一样，是中华民族的摇篮，世界的认知也由此被刷新。

竹内亮步入元谋之境，一直在迷路，这真是个有点神秘的地方。

竹内亮遇到的第一座迷宫，是千万年地壳活动的产物——"元谋土林"。

满山成群分布的柱状土堆，构成一种特殊地貌，耸立如林，千姿百态，主要有土芽、尖笋、古堡、铁帽四大类型，鬼斧神工一般构成中国乃至世界的一大自然奇观。电影《无极》《千里走单骑》和更多的电视剧剧组不远千里来这里拍摄外景。《千里走单骑》由日本硬派演技明星高仓健主演，大受中日两国粉丝的追捧，带动"元谋土林"走得更远。

云南自古有"彩云之南"的诡奇瑰丽，出了一个"昆明石林"，又出一个"元谋土林"，双林并茂，不能不说是上天的眷顾。

竹内亮像唐僧西天取经一样"赶路要紧"，不能过多分心流连美景，但遇到了第二座"迷宫"，那是他寻访《长江天地大纪行》一名主人公的曲折路途。

女孩梦想"当女兵"

10年前采访过杨芹会，14岁，她读的中学在长江边，就叫"江边中学"；她居住的村庄也在长江边，但路途遥远。为集中精力学习功课，也为节省路费，她两星期才回一次家。

竹内亮拍片时，芹会在教室上课，镜头对准课桌上的一本作业本，它的封面是电视明星照。

芹会朴实害羞，面对提问总是轻声回答，更多的是点点头表示认可，问多了，干脆就把脸埋在课桌上的书本堆里。

教室的课桌上，无一例外地摆满了教科书和作业本。有一张课桌

2010年

上摆有四摞，每摞一尺多高，刚刚到孩子的鼻子下，孩子只能露出双眼看黑板。长江深处的孩子，只有拼命学习，才有机会"让知识改变命运"。

芹会和她的同学都很勤奋，每天要学习到晚上 11 点。

竹内亮跟拍到学生宿舍，芹会所在的一间住了 6 个女生，一个个穿红着绿，正是活泼多姿的花季女孩，却要离开父母在学校苦读。他问她们早上几点起床，得到唱歌一样的齐声回答："6 点半。"

这一切，与日本乡村学生悠闲轻松的学业生活完全不同，竹内亮为此巨大的差别而大为惊讶。

竹内亮问芹会："你将来的梦想是什么？"

芹会出人意料地回答："当女兵。"

当女兵？为什么要当女兵？

竹内亮更为芹会的这一梦想而惊讶，接下来采访了她的父母后，感觉这个梦想的实现，似乎并没有那么容易。

开车走了老远，再坐船，走进偏远村庄一间泥墙布瓦的老屋子。

母亲没听说过女儿的梦想，父亲对她的期待更直白："读完初中就打工。"

竹内亮遗憾地说："不希望她考高中吗？"

父亲的语气更坦率："供不起。"

芹会知道父母的心思和难处，为了实现"当女兵"的梦想，争取能在高中免除学费，她的学习更加刻苦。父母虽然为她设计好了未来的路，"供不起"她上高中，但仍然希望女儿学习进步，会把她的奖状都贴在堂屋的墙上。有一张奖状可以表明，她的考试成绩突出，荣获七年级组的"二等奖"。

10年后，芹会过得怎样呢？

幸遇当年船老板

在没有任何联系方式的情况下，竹内亮开始了寻访，过程一波三折，像走"迷宫"。

当年芹会和她的父母都没有手机，毫无办法与他们一家取得联系，唯一的线索是江边中学。

车按照导航到达终点，行至记忆中的江边中学所在地，前面却没有了路，也没有了任何建筑。

竹内亮下车，步行到一片空地，几经问路，竟是一片废墟等待他的到来。满眼瓦砾，大家发疯一般搜寻，试图找到哪怕一丁点儿记忆中的线索。终于，看见了残留的石阶、被遗弃的小碗，还发现淋湿的课本封面印着"江边中学"的字样。

对比手机上当年拍下的画面，竹内亮确认脚下就是学校所在处，有一堆倾倒的红色砖柱就是学校大门的一部分。

竹内亮找到两位村民询问，他们说江边中学拆除两年多了。

原来，长江上修建了乌东德水电站，它是金沙江下游四个梯级水电站的第一级，由此抬高水位淹没土地，云南、四川两省移民达3万多人。包括江边中学在内，这片区域全部搬迁，芹会去了哪里呢？

只得沿江行驶，竹内亮仅凭模糊的记忆，去找最后一个线索——芹会的家。

还能与芹会再会吗？竹内亮感到接下来的旅程不会那么简单。

山路如同在悬崖上，江水如同在深沟里，路面没有修好，路旁没有栏杆，司机开车都不敢往下看。而且走了一段后，再没有路通往芹会家的村庄，大家只得改坐机动船。

上岸后，竹内亮朝前走，江道和山势倒越来越有点像。

路边，竹内亮遇上一位年轻的养蜂人，山上树丛中有两百箱小蜜蜂。他热忱邀请竹内亮参观，还请他品尝蜂蜜。

竹内亮此行的目的是找芹会，他亮出手机画面向养蜂人问路。养蜂人一看就说是"江头村"，在前头"长江纪念馆"的斜对面，要到江那边去找寻。

根据养蜂人提示的方向，竹内亮前往一个小码头，从那里可以乘船过江去村庄。但到了那个渡口，码头已沉在水底了，可能找到芹会的线索全部断了。

一筹莫展之际，竹内亮发现前边有一艘游轮，船顶竖着"金沙江水上餐厅"的招牌。此刻大家已是饥肠辘辘，那就先填饱肚子再说吧。

餐厅没有一个客人，老板夫妇争着说过去生意很火，周末不提前预订是吃不到的，但现在村庄都搬迁了，土地给人承包了，客人也没有了，而游轮又不能开走，只好将就维持着生意。

竹内亮告诉老板自己在拍纪录片，10年前来过这里。

老板一看视频，指着镜头说，这船就是他开的，就在这个码头，当年是他开船送竹内亮去的"以进噶"。

以进噶是个彝族小村庄，可能是彝族语言的发音，养蜂人所说的"江头村"是不是它的汉语称呼？

老板说以进噶还在，那里有一块石头他都知道，竹内亮凉飕飕的心又跳了起来。

真是柳暗花明！竹内亮上船，岸上的老板妻子忽然想起，10年前他们在这儿飞过滑翔伞，往事并不如烟。

倒伏的电线杆残留村名

机动船在金沙江平静的水面上飞掠，风一下把竹内亮的遮阳帽扫到江中，翻腾着眼看就要沉没。

机动船掉头返回去捡拾，帽子被江水扑打若隐若现，竹内亮故意喊叫：导演，你怎么了？

帽子捞上来，老板说若是10年前早就冲走了，那时没有水电站大坝，江流湍急直冲下游，掉个人下去立刻没了影。

竹内亮又调皮地说："帽子得救了，感谢大坝！"

一个多小时后，船减速靠岸，竹内亮看见水中露出树梢，水位上涨了许多。

岸上便是以进噶原来的地方，芹会家恐怕沉到水底了？以前很高的山，现在看起来特别的低。老板说水位涨了30米，如果达到设计的975米，水位还要高，山还要低。

一根高高的水泥电线杆倒伏江滩上，断成了三截，竹内亮从一截上看到"以进噶村支线101号"。

无疑，以进噶的土地还在，可完全没有村民的踪迹，曾经的农田早已淹没到水底了。看来，自称"一块石头都熟"的老板也没料到。

竹内亮记得，当年，芹会的父母在这里种玉米高粱，明明同是长江边的土地，这里却非常贫瘠。尽管生活清苦，他们仍然盛情招待突然到访的竹内亮，小桌上摆出了六碗菜，一碗蒸腊肉堆了起来。

在10年前拍的《长江天地大纪行》中，以进噶这个村子是最穷的，没有资源，交通也特别不方便，只有坐船才能过来。

竹内亮问老板："你怎么看这个变化？"

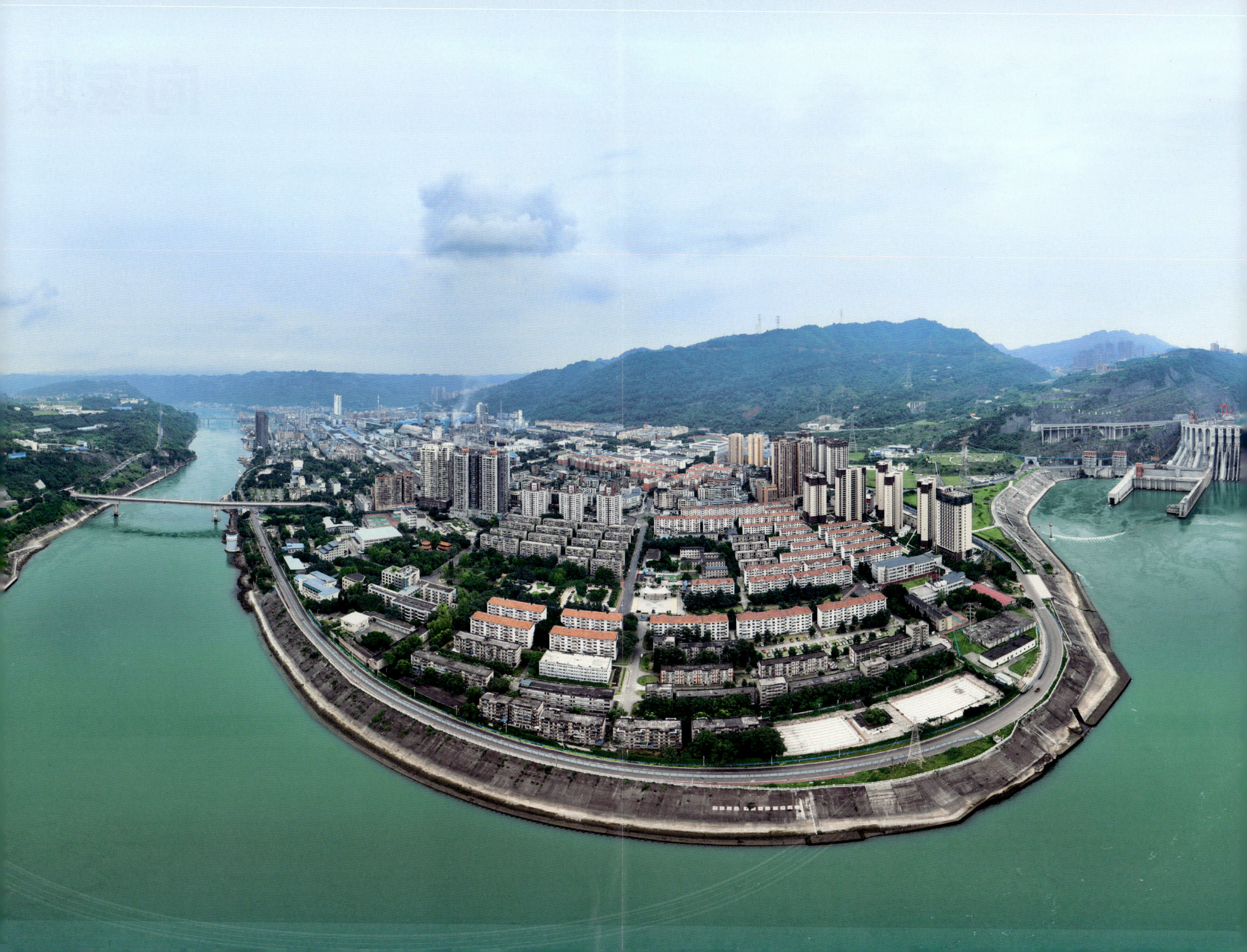

向家坝

再会
长江

雄姿

元谋　水电移民C组团

老板回答："我们现在的房屋啊，肯定是比原来的要好，全部搬上山去，每家差不多都是一小栋一小栋的砖房，就像别墅一样。但是，对个人的生意来说，还是有一些影响的。"

竹内亮理解，老板的餐厅因为人都搬迁了，生意肯定大不如从前。

老板说："刚开始拆房子的时候，那挖机到处挖，心情肯定不好受。刚挖到他家房子的时候，看着，看着，就不忍心看下去了，毕竟从一出生就住这个地方。但是，从整个村子来看，这个变化还是好的。"

新月村的"别墅群"

寻找的芹会的第三天，根据头天得到的信息，竹内亮驱车来到以进噶搬迁的新区。

果然像餐厅老板所言，新区处处"别墅群"，小楼整齐，道路笔直，不同的篱笆圈起一个个家。

由于搬来的村子不少，竹内亮在问了十多人后一无所获，不想再折腾了。可就在打"退堂鼓"的时候，一个年轻人带来一线希望，给了"从学校边一条路下去"的准确信息。

接近目的地，竹内亮看到蓝色大标牌，上下两行字——"水电移民C组团""新月村"。

乌东德水电站

元谋　水电移民C组团

　　"水电移民",这可是新名词。

　　走进新月村,眼前是整齐的"别墅群",绿树掩映,小车停泊,八个大方牌每个写着一个大字,组成"和衷共济 和谐发展"。

　　"完全不一样",竹内亮亮出手机上的照片,向村口小卖部的老板打探,幸运的是竟碰上10年前为她指路的阿姨,于是她带他去芹会的新家。

　　这是两层三开间新楼,一楼中间凹进去构成一个小院,上搭凉棚,前设栅栏,与老屋子有天壤之别,很是洋气。

　　竹内亮敲开漂亮的大门,开门的正是芹会妈妈,记起他后热情迎入客厅。

　　一溜长沙发对着大彩电,大彩电旁立着饮水机,完全是城市居民家庭的模样嘛,没有了那些粗笨土气的柜子和坛坛罐罐。

　　竹内亮随意看了一楼摆有玩具的一个房间和卫生间:"条件好很多呀!"

　　找了三天,看到芹会家这个变化相当大,同过去完全不一样。芹会也去浙江打工两三年了,她儿子都五岁了，在读幼儿园小班。

芹会爸爸没种玉米高粱了，他在外上班，晚上10点才下班。

芹会妈妈也要外出上班，竹内亮觉得稀奇，跟着她来到一个葡萄种植园。

一群往昔的农妇穿着鲜艳的服装忙活，她们的工作较为简单：剪枝，松土，拉车子浇水，让葡萄来年重新发芽。

曾经在贫瘠土地种植玉米高粱，如今在新式大棚里种植更值钱的水果，一旁摆满包装箱的现代化厂房高大干净，曾经劳苦耕作的农妇再也不用经受寒风刺骨和烈日暴晒了。

当天碰上发工资，芹会妈妈拉开一个钱包给竹内亮看：1600元呀。

七八位一同工作的大妈围成一圈坐下来，满脸笑意。她们曾是依靠自给自足小农经济生活的农妇，现在成了每月领着工资的工人。虽然，离开祖祖辈辈赖以生存的土地，她们有些舍不得，有时会流泪，但这样的大变化谁都会欣喜，移民前根本没想到过。

距新月村不远的水电站名为向家坝水电站，大坝横跨江上，巍峨气派。

因为自己的父亲在日本也是从事大坝设计工作，竹内亮凭栏注视大坝，有一份特别的亲切。他不懂水电专业，也不讨论大坝建设的利弊，但他知道古往今来长江边的人们虽然生活方式变了，仍然享受着长江的恩惠。

在大坝旁，竹内亮与芹会视频通话。

10年不见，芹会的变化并不大，但言谈举止明显成熟了许多。

芹会说："都当妈了嘛。"

竹内亮说："当妈了是吧，不想当女兵了吗？"

芹会说："不是不想当女兵，而是要高中毕业才够条件，但考上高中后家里需要钱，读了一个学期就出来挣钱了。"

芹会发来几张照片，场景是她工作的工厂。置身现代化机器设备旁，她透出的气质超越了一般"打工妹"，更接近奋斗自立的年轻"女白领"。

竹内亮与芹会谈起家乡的搬迁，她对以进嘎有着深深的感情，但同时也表示"新月村离城里近，生活方便，将来孩子上学要好一些"。

竹内亮夸她"好聪明的妈妈"，她说每个妈妈都希望自己孩子生活的环境更好一点……

一个村落消失在水下，一片新区出现在山上，时代浪潮带来了新的生活契机，梦想也会在下一代孩子的身上延续……

第十章

泸沽湖　摩梭人秘境

ZAIHUI CHANGJIANG

唐古拉山镇
香格里拉
丽江
泸沽湖
元谋
宜宾
泸州
重庆
宜昌
天鹅洲
岳阳
武汉
上海

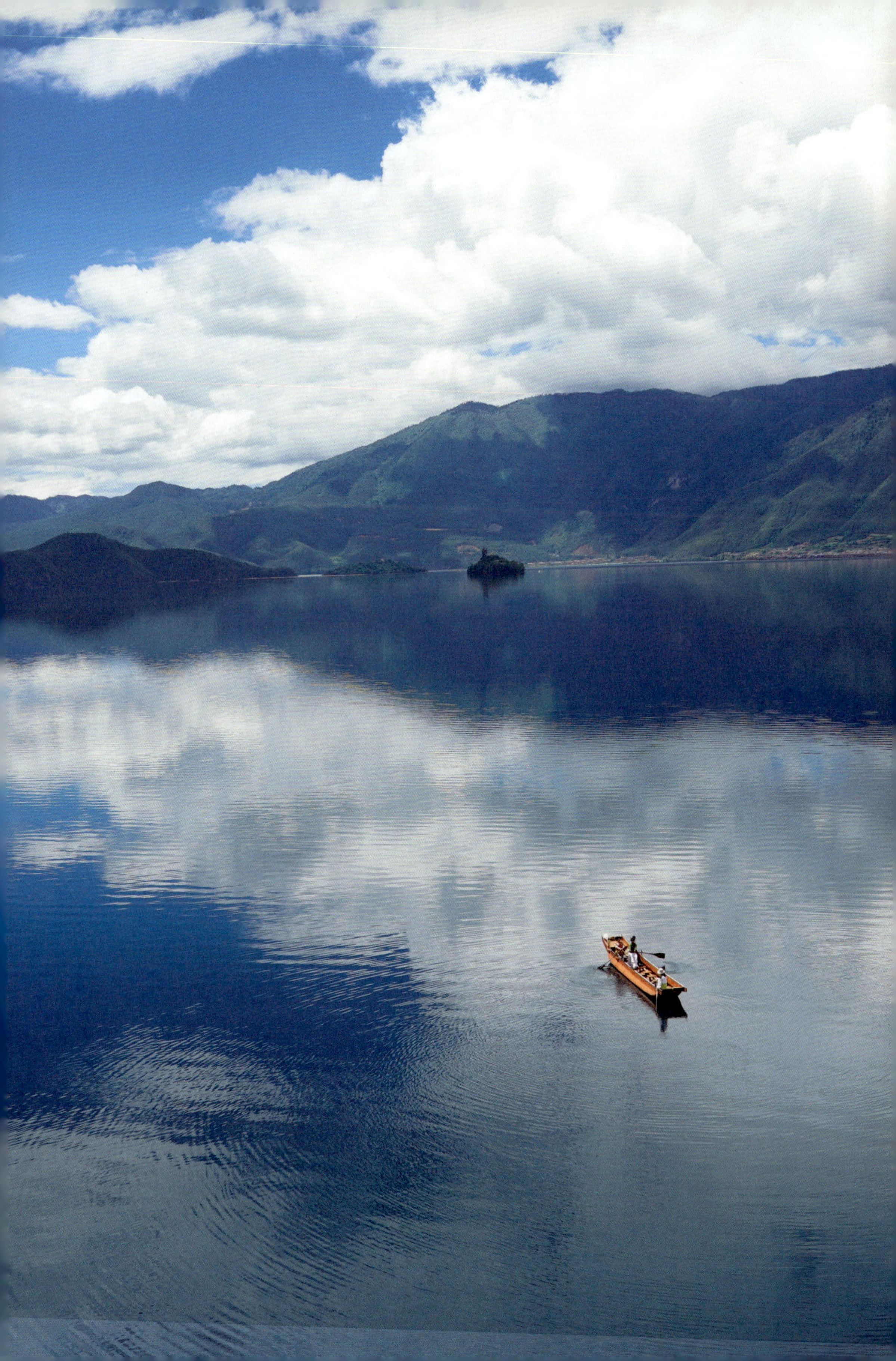

带着对水电移民新区的崭新印象,竹内亮驱车驶向一个古老而美丽的地方——泸沽湖。

过去10年间,竹内亮造访泸沽湖三四次,仍对其有深深的依恋。

车在泸沽湖畔停下,碧水如绸,远山如黛,竹内亮唯有再次奉上三个字——"好怀念"!

在这次"再会长江"的旅程中,竹内亮忍不住就要说"好怀念",不如此,似乎表达不了他内心的涌动。

蓝色"女儿国护照"

ZAIHUI CHANGJIANG

泸沽湖也是长江水源之一,属雅砻江支流理塘河水系,经雅砻江流往金沙江。它是高原断层溶蚀陷落的火山型湖泊,湖面海拔2700米,既是中国第三大深水湖泊,也是中国透明度最高的湖泊之一。

泸沽湖静静卧在四川盐源县与云南宁蒗县交界处,湖东为盐源县的泸沽湖镇,湖西为宁蒗县的永宁乡,周边主要居住着摩梭人、彝族人和普米族人,自然环境优美,民族风情奇特,早已是中外游客心仪的名胜景区。

竹内亮对泸沽湖感兴趣,缘于它数千年来与世隔绝所孕育出的独特文化,摩梭人仍然保留着"母系社会"的特征,女性外出工作,拥有家庭事务的决定权,这在现代中国鲜有。

摩梭人属纳西族一支,分布在云南宁蒗县及四川盐源、木里等县,人口约有5万,其中15000多人聚居在泸沽湖畔的永宁坝子,那儿摩梭风情最为浓郁。

站立泸沽湖边,远眺湖中的女神山,云雾缭绕,如梦如幻。

竹内亮知道,女神山是摩梭人最重要的一座山。

竹内亮也知道,泸沽湖叫"女儿国",它就是女性的天堂,什么事都由女性说了算。

2010年和2014年,竹内亮两次来这里拍片,特意给了一本蓝色"女儿国护照"以特写镜头。

蓝色,泸沽湖的色泽。

端午节湖畔聚餐

10年前,竹内亮在泸沽湖火塘晚会上结识了一位唱歌的姑娘。她名叫拉措,是村里最好的歌手,穿着美丽的摩梭服装,用甜美的歌声欢迎游客。

竹内亮找到小洛水村寻访拉措,期待与她的美好重逢。

推开一扇大门,院子中迎来的,居然就是拉措,连道"好久不见",二人不由轻轻相拥。

院子挺大,老房子一点儿没变化,有变化的是外墙上嵌了一块木牌,用中英两种文字写着"摩梭母系家庭 重点保护民居"。原来,拉措家已历经风霜300多年,所有建筑保存完好。

两眼扫过,除了嵌有木牌外,还挂着几面锦旗。

竹内亮发现有趣的东西——其中一面"第一名"锦旗出自"端午节喝酒比赛",谁喝酒这么厉害?

有趣的是,这一天正好是端午节,村里照例到湖畔举行传统聚餐,载歌载舞庆贺,拉措邀请竹内亮一同参加。

湖上的风景太美,湖中的水也非常清澈,鱼儿在水草丛中游动,涟漪荡起倒映的白云。

大树下,草地上,数十位村民围坐成好几摊,餐布上摆满诱人的民族美食。另外,还有日本寿司呢,"女儿国"并非与世隔绝。

竹内亮坐下来,拉措撕下一个大鸡腿递给他:"这个是土鸡。"

一会儿,节日仪式开始了,村民们举杯唱歌:

摩梭酒,
幸福酒,
吉祥如意酒呀,
民族团结酒,
请大家喝一杯摩梭的酒……

唱罢,一起干杯欢呼:"节日快乐!""扎西德勒!"

这里的女性,不仅同别地方的男性一样是村子的领导、家庭的主人,她们的酒量也同男性一样让人叹服。大家不拘礼节举杯畅饮,拉措的姐姐干脆拿起一瓶啤酒,直接一饮而尽。

竹内亮这才明白,拉措一家酒量都很好,怪不得在"酒量对决"

比赛中连连获得第一名。

"女儿国"不仅能喝酒，聊起"走婚"也很奔放，打趣说竹内亮也可以"走"的，并向他裤子上浇啤酒逗乐，"吓"得他赶紧起身躲避。

拉措的姐姐说，这才叫"女儿国"嘛！

竹内亮注意到，就在大家开心打闹的时候，有位穿着民族服装的老年女性一直端坐不语，温柔地看着她的孩子们。

她是祖母，一家之主。这一地位不可动摇，世世代代沿袭，只传家中长女。

在摩梭人的"母系社会"中，女性当家作主，小孩都随母姓，老公是不进家门的。唯有晚上，丈夫才能来妻子的家，但早上必须再回他自己的家——这种婚姻制度称作"走婚"。

进入现代社会，特别是近10年来网络非常发达，摩梭人更加了解外面的世界，她们还坚持传统习俗"走婚"吗？

泸沽湖　摩梭人秘境

甄甄"走婚"不一样

第二天，竹内亮去见另一位熟悉的老朋友。一到街上，就碰上她从坡头下来，手中牵一个五六岁的女孩。

她是甄甄，又是一串"好久不见"，庆贺再次相逢。

甄甄长发披肩，白上衣，牛仔裤，典型的现代女性装束。而2014年拍片时，她是满身鲜艳民族服装的窈窕少女，红衣、白裤，五彩腰带，顶着由串珠、红花、飘带组成的头饰，款款走来。

2014 年

甄甄是一名恪守摩梭习俗的传统女性。

在 2014 年的画面中，湖上白鸥飞翔，竹内亮与甄甄一起划船。

"有一天你也会成为一个祖母是吧？"

"嗯，我也会成为一个祖母，穿上祖母的服装，坐在祖母的位置，睡在祖母的床上……"甄甄笑着，语气认真。

竹内亮追问："也就是说你想成为一个祖母？"

甄甄强调："是一定会成为一个祖母的，摩梭女性到那个年龄段都会成为祖母。"

甄甄谈恋爱的时候，坚持遵循传统的"走婚"形式，而男朋友的想法则不同，他希望两人住在一起。

两人的分歧较大，到竹内亮采访时，都没有商量出最终结果。

竹内亮问甄甄的男朋友："让你决定一个你的倾向，你愿意用哪种形式？想每天在一起？"

甄甄男朋友毫不犹豫地说："想每天在一起，想跟老婆每天在一起，想跟自己的孩子每天在一起。"

现在，甄甄与男朋友已结婚多年，竹内亮想知道，她还坚守着当年的想法吗？

来到甄甄的家，桌上摆满大块的肉、整只的鸡、煮鸡蛋、粽子和馒头。她妈妈端出一种青刺果油，甄甄说这是端午节"必需品"，要拿馒头蘸着吃。

竹内亮拿馒头蘸着吃，像橄榄油，连声称赞好吃。

竹内亮了解到，甄甄与男朋友在 2015 年 12 月结婚，采取的形式属于"走婚"，但也有"变通"，与传统不尽相同——她没有嫁过去，但他住在这边，小孩的户口也上这边。他两边都忙，哪边有事哪边忙，但在这边的时间多。

2014年

这样的生活，看来甄甄较为满意，她从里屋拿出结婚照，一张张给竹内亮欣赏。结婚照的场景不是泸沽湖，而是专程去丽江城拍的，全是时尚打扮。新郎换了好几款西服，新娘不是拖地婚纱就是露臂长裙，轻搂相偎，甜蜜微笑，挺有现代情调。

摩梭人的生活，其实也在悄悄改变。

竹内亮想拍甄甄家的日常生活，从做饭开始。

甄甄说，平时都是老公做饭，但他不好意思面对镜头，还怕竹内亮提问，一大早带着女儿外出了，只好自己"出马"。

竹内亮问，摩梭男人是不是有点害羞？

甄甄说也不全是，但她老公属于特别腼腆的那一类。

甄甄果然不会做饭，米线煮得烂成了米线粥，撒味精时瓶盖掉进了锅里……都是腼腆的老公给惯出来的。

吃着"米线粥"，竹内亮调侃："你的老公多好，是吧？基本上是他做饭，这一下就看出来了。"

甄甄家族的老祖母进屋，抱来一

套摩梭服装，亲自给竹内亮穿上。

红底绣金黄色龙纹的长袍，牛皮翘檐帽，竹内亮帅气出屋。

廊檐下，甄甄也换上了与竹内亮第一次见面时穿的摩梭服装，不由一声："好怀念！"

这么多年，泸沽湖有着怎样的变化？竹内亮计划跟甄甄一起去看看。

"水性杨花"好娇嫩

来到摩梭人心目中的圣山女神山，上山的桥头蹲着一只老猴，抬眼安然望着来客，一点儿也不怯生。

上桥，俯瞰整个泸沽湖，云彩游走湖面，水天浑然一色。

谈起有什么变化，甄甄指点着说，山上的树更多了，靠近湖的那些客栈没有了。

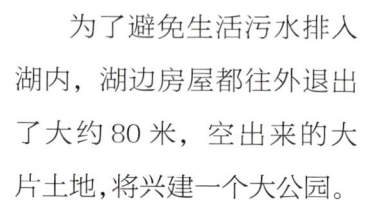

为了避免生活污水排入湖内，湖边房屋都往外退出了大约80米，空出来的大片土地，将兴建一个大公园。

竹内亮认出了不远处的里格半岛，甄甄说岛上的人家都搬走了，也不允许从事经营活动。

不用说，泸沽湖比过去保护得更好了。刚才甄甄做饭的时候，竹内亮帮着她洗

菜，用的是自来水，不像过去用的是湖水。

那么，泸沽湖是不是清澈了许多？

竹内亮和甄甄坐船去湖上看看。

湖上禁止引擎动力船航行，只有手摇橹船才能通行，这是10年前就定下的规矩。

湖水碧波荡漾，星星点点飘着小白花，甄甄指给竹内亮看："水质好的地方才会有哦。"

小白花雪白透明，有点像百合花，三瓣花瓣簇拥几缕黄色花蕊，娇嫩柔弱，人称"水性杨花"。别看它名字不那么好听，但只有在清澈的水体才能存活、盛开。

泸沽湖的水质好不好，要看"水性杨花"有没有、多不多，就像江豚是长江的指示性物种一样，它是泸沽湖的一个"活性标志"。

竹内亮把摄像机沉到水底，观察"水性杨花"婀娜摇曳的身影。

轻轻摇橹划船，天上大片的云朵，一团团跟着在湖面翻滚，仿佛在检阅"水性杨花"是否繁茂，竹内亮只能赞叹："太美了哇！"

再往前行，水平如镜，倒映出蔚蓝的天空，小船又像一片叶子飘上了空中。湖水和天空，一样质地，一样风韵，相拥着女神山，竹内亮醉在湖光山色中。

摩梭女向往丽江城

竹内亮与甄甄交流未来的生活愿景,她打算让女儿先在泸沽湖上幼儿园,然后送到丽江城读小学,把家也搬过去。

竹内亮故意问:"老公呢?"

甄甄回答:"一起呀!"

竹内亮说:"不'走婚'了,同汉族一样?"

甄甄说:"也不完全一样,女儿的血缘是按我这边算的,也是跟我这边姓的。"

摇橹的大姐插话说:"这边如果依赖男人的话,不仅自己感觉不好,亲友也都会看不起……这是传统习俗。"

甄甄补充说:"我们从小生活在这里,我们女性的地位本来就挺高的,从来没有女性被欺负的事,几乎没有被家暴啥的。"

一湖宁静,一叶小舟,甄甄怡然自得,轻轻哼起了小调:

湖上开藻花,风吹阵阵香,
我的思念在远方,在远方。
难忘那一夜,歌舞篝火旁,
眼睛说了多少话,我俩相亲情意长。
阿哥,玛达米,
阿哥,玛达米,
我托清风捎个信,千里送花香。
山花烂漫泸沽湖,
阿哥哟,真是好春光,玛达米。

歌声深情动听，随波悠扬回荡，女神山仿佛听得入神，将自己的面容映入湖中。

上岸了，竹内亮和甄甄换下摩梭服装，又在湖边坐下。

傍晚时分，泸沽湖除了一池碧绿，没有一条小船，不见一个人影。

甄甄说，泸沽湖怎么看都看不腻。

竹内亮说，第一次看没有游客的泸沽湖，非常好。虽然这么说太自私了，但确实特别好。

可是，甄甄一家将要离开安详的泸沽湖，去往繁华的丽江城。

竹内亮意识到，促使甄甄不再拘泥"走婚"的力量，可能不是她的老公，而是应试教育，为的是孩子的成长。

如果在当年，竹内亮肯定难以理解，但如今他的孩子也在中国上学，家长的心都是相通的。

好了，竹内亮要去领略"长江第一湾"，那里有与宁静泸沽湖完全不同的激荡澎湃。

第十一章

丽江

石鼓镇上「厨师梦」

ZAIHUI CHANGJIANG

唐古拉山镇

香格里拉

丽江 泸沽湖

元谋

宜宾

泸州

重庆

宜昌

天鹅洲

岳阳

武汉

上海

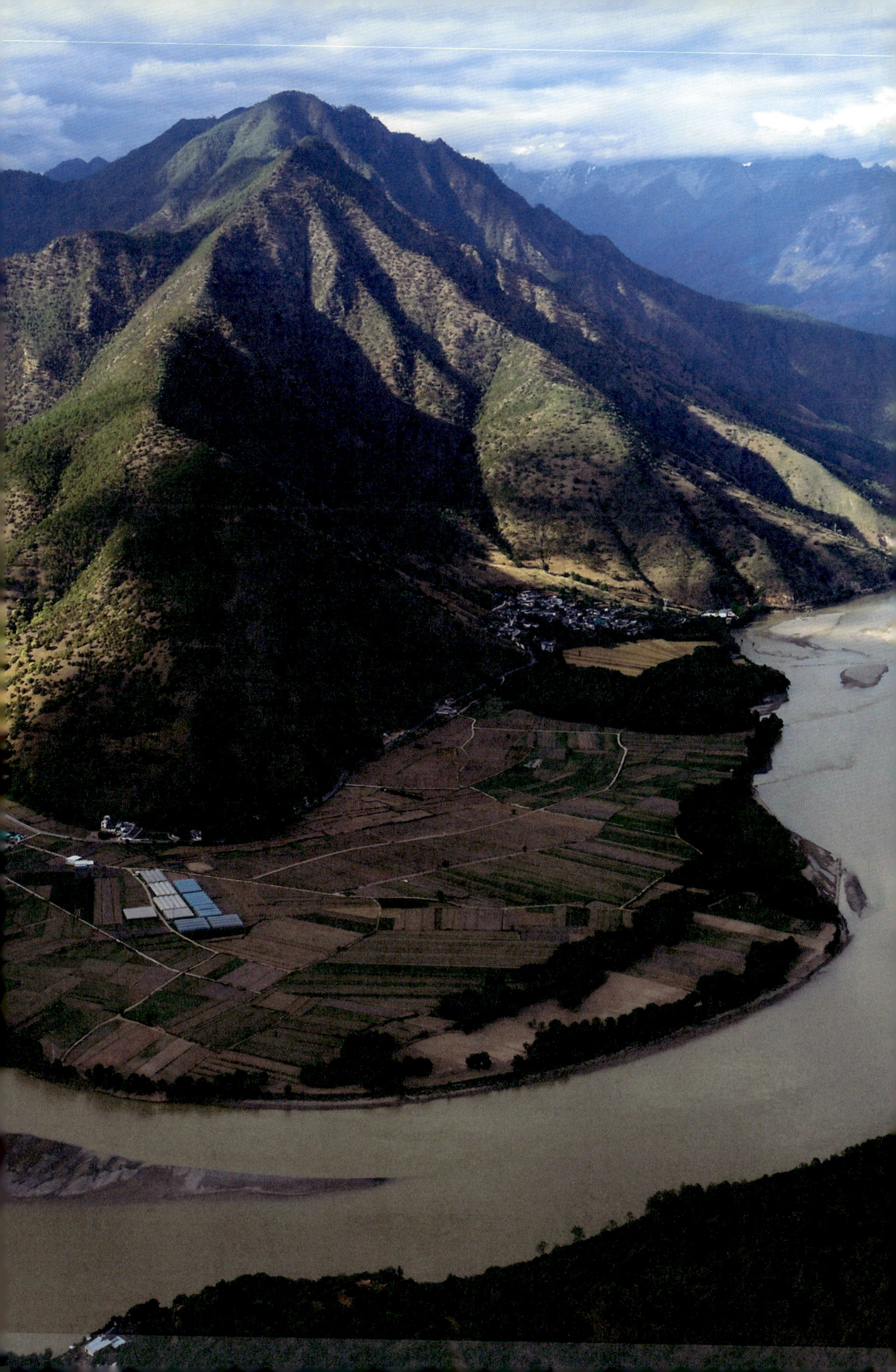

泸沽湖那边的云南，有一个举世闻名的古城——丽江，泸沽湖的甄甄拍结婚照，甄甄的孩子上学校，都要选择去丽江。

ZAIHUI CHANGJIANG

丽江古城又名大研镇，坐落在云贵高原，南宋时期便初具规模。在140多个中国历史文化名城中，它是唯一没有城墙的古城。千年风流云转，留下四方街、木王府、五凤楼等遗迹，鲜明的地方民族特色别具一格，体现出中国古代城市建设的成就。

丽江　石鼓镇上"厨师梦"

在长江的滋润下，古城人文积淀丰厚，传承宗教仪式和纳西古乐，展现出民族习俗及民间娱乐的绚丽多彩，没有悬念地荣膺"世界文化遗产"。

10年前，竹内亮拍摄《长江天地大纪行》来过丽江，主持人冬冬骑着高头大马穿街走巷，所到之处人潮涌动。纳西族老人手拉手跳着传统舞蹈，外国游客三五成群察看导游图寻找景点，年轻人围坐美食摊海侃东巴造纸术……

10年后，细雨蒙蒙，竹内亮再次来到丽江，手撑一把伞徘徊在街上，两眼四处搜寻。应该是来早了，街上空荡荡的，商铺都没开门，他第一次看到这么安静、这么朦胧的丽江。

不一会儿，碰上一个年轻老板前来开锁下门板，他察觉背后有人拍摄，转身伸出"剪刀手"开玩笑："要不要摆个姿势？"

接着，隔壁的老板也来下门板，市面开始有了生气。

竹内亮问了两位老板的老家，一位在四川，另一位在云南曲靖。丽江不愧是旅游胜地，许多外地人来这里租房做生意，捧热了古城，也鼓起了腰包。

竹内亮走进"剪刀手"的店铺，给夫人赵萍买了一条围巾，为老板当天的生意"开了张"。

老板连声感谢，可竹内亮扫码付款时，他却拿出另外一个码，坦荡地说"要搞点私房钱"。他老婆管账，有两个孩子要养。

竹内亮："两个孩子啊，那赚钱的压力挺大的呀。"

老板："没事，这个钱嘛，多挣多花，少挣少花嘛，你不挣嘛，就省着花嘛！"

这个年轻人真透爽，竹内亮夸他心态好，也幽默地表示回去剪辑剪辑，替他保守"搞点私房钱"的秘密。他仍不忘幽默："剪两个帅一点的镜头啊，咱们都是年轻人。"

三天领路好少年

长江从青藏高原一路南下，在香格里拉中甸一个叫沙水碧的地方突然 120 度急转东北，形成一个罕见的 V 形大拐弯，造就了独特地貌"长江第一湾"。

沙松碧对岸，便是丽江石鼓镇，相传纳西族土司木天王在这一带藏有宝物，留下"石人对石鼓，金银万万五，谁能猜得破，买下丽江府"的历史悬疑。

从丽江驱车一个小时，竹内亮来到"长江第一湾"。

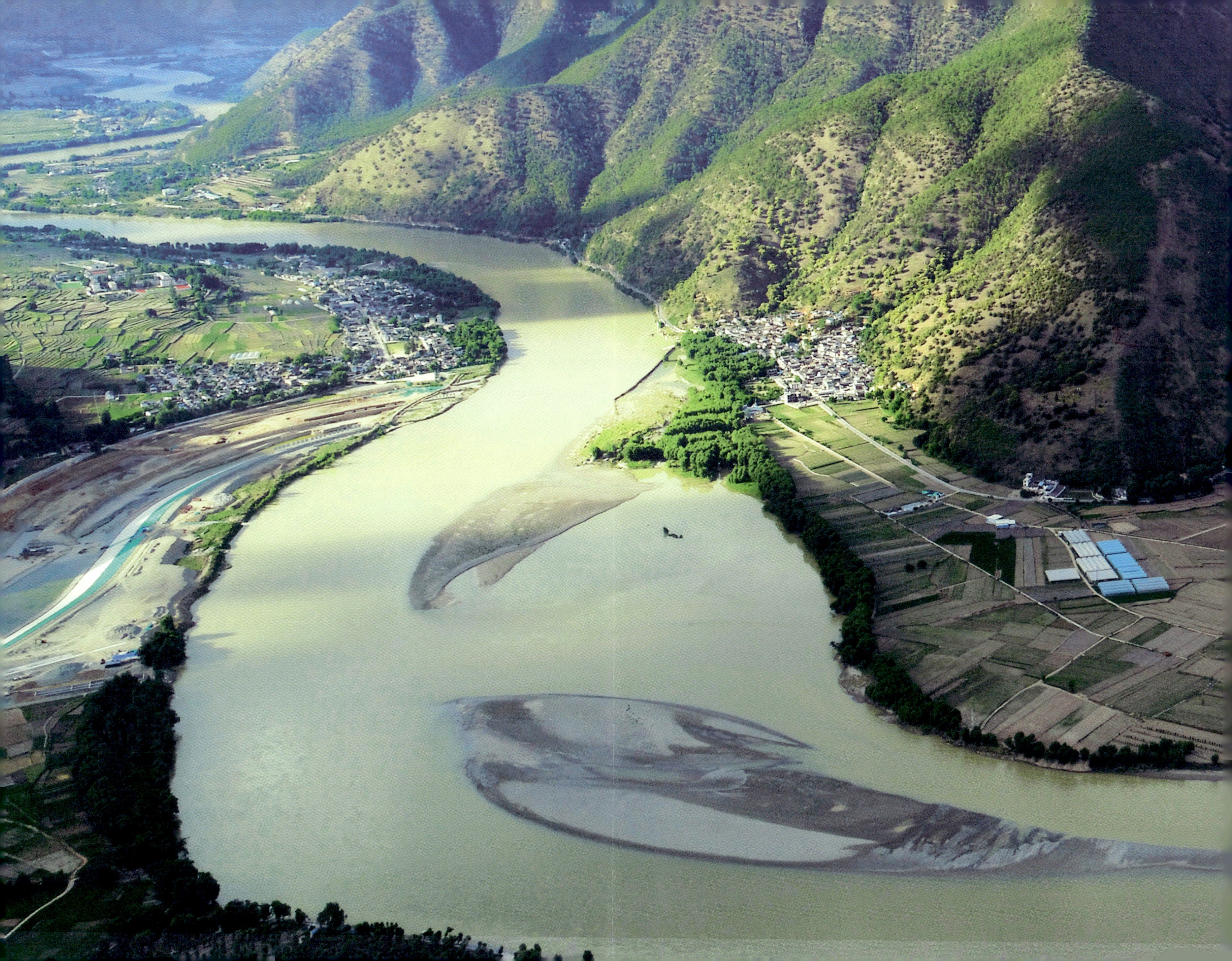

长江

再会长江

第一湾

丽江　石鼓镇上"厨师梦"

　　天气晴朗，竹内亮换上短袖衫，爬向一座山。

　　10年前，从山上看到了"长江第一湾"的磅礴气势，非常震撼。

　　再次爬上山来，"长江第一湾"尽收眼底，水宽天阔，流缓波轻……竹内亮猛地想到，如果没有这第一湾，长江径直下流，会不会像澜沧江、怒江一样去了东南亚国家？所以对中国来讲，这个第一湾非常重要，如果没有它，长江流不到重庆、武汉、南京、上海。

　　竹内亮试图登上这座山的更高处，拍到更壮观的第一湾，但没人带路，不清楚该怎么走。

　　10年前，竹内亮在石鼓镇上偶遇一少年。他叫寸耀辉，喜欢在山里找野果子玩耍，尽管上学要迟到，仍为他们带路攀越山岩，找到多个能俯拍第一湾的好位置，他们叫这个热心少年"小寸"。

　　小寸充满好奇心，一连三天跟随竹内亮拍摄，直到晚上收工才回家，不时给他们以帮助。那么，当年还是十四五岁初中生的小寸，如今该长大成人了吧，他又在哪里做什么呢？

　　凭着记忆，竹内亮在村中小巷穿行，寻访小寸的家。

　　好巧，打探的第一家就是小寸叔叔家，小寸叔叔顺手一指不远处停着摩托车的大门。

　　敲开大门，小寸的老奶奶认出了竹内亮，可小寸不在家，他在丽江城打工。

　　这是一横一直两栋两层楼房，拐角形成一个

院落，一楼粗大的木柱撑起宽宽的廊檐。

竹内亮想起来，当时廊檐下堆放了好多玉米。

小寸妈妈忙着打电话，小寸答应马上坐大巴赶回来。

很快，一个小伙大步进门，白衬衣，短牛仔裤，还是那么瘦瘦精精，但长高了好多。

竹内亮拉着小寸比个子，他奶奶、妈妈笑着嚷"差不多""一样高"，其乐融融，如同多年得见的亲戚。

竹内亮问小寸记不记得自己，他有些腼腆地回答："导演嘛！"看来，他那三天"跟拍"的经历有收获，聪明地分辨出竹内亮在团队的角色。

竹内亮决定与小寸一起，再去逛一逛石鼓镇。

石鼓镇与丽江城那边不同，依然熙熙攘攘，街头撑满五颜六色的遮阳篷，小摊子摆满土特产。

小寸帮竹内亮找到一位老摊主，当

2010年

年就在他的小摊上品尝的马蜂蛹，不过摊位换到了马路这边。两人相互认出，手机回放当年情景，竹内亮为他仍在做生意而高兴。

石鼓镇是丽江城所属的小镇，但不依靠游客观光生存，完全是以往的市井气息。可小寸说江边有变化，竹内亮前往看个究竟。

来到江边，沿着铁索护栏走，前方修了一个大坝调节水势，岸上修了护坡防止洪水冲刷。

长江，不仅需要第一湾那样的壮美景色，更需要与两岸大地的和谐相处。

小寸说，无论小时候还是现在，他都喜欢来江边玩，他还记得竹内亮 10 年前拍摄的每一个具体地点。

一位日本人不辞劳苦，来到大江深处拍纪录片，不能不令一个中学生印象深刻。

非洲失落"厨师梦"

回到小寸的家，竹内亮特意到他住的二楼，看看小伙的房间。

房间不大，实木装修，空空的只有一张床，没什么生活用品。

小寸解释说，他平时基本在丽江城，只在休息日回来。

倒是有一个书架，却没几本书，意外见到一本护照。竹内亮随手翻翻，上面有小寸曾经前往非洲的签证记录。

非洲？距离长江上游何等遥远，小寸居然去过？

原来，小寸读完高中后，在朋友的邀请下，带着儿时的梦想，去了非洲喀麦隆。他本想在一家中餐厅当厨师，由于"水土不服"

吧，只得从非洲回到丽江城，找了一家土特产店打工。

小寸一直在追求自己的人生，同护照放在一起的还有一册"荣誉证书"，是他高中时在一次"主题辩论比赛"中获得的二等奖，表明他的思维和口才不赖。

晚餐，小寸家端出满桌家乡菜，在庭院招待远方来客。他们甚至记得竹内亮上次喜欢吃空心菜，特意炒出了一大盘；同时也照顾他怕辣，所有的菜都没放辣椒，很让竹内亮感动。

10年不见，大家围坐吃饭，像亲友一样拉家常。

看着朴实的小寸应该有二十五六岁了，竹内亮关心起他的婚事，问他爸妈有没有"催婚"。

"怎么催？"小寸妈妈说，倒是为小寸张罗过对象，可他说没合意的，也就由着他了。看来，现在同往昔不一样了，家长不包办婚姻，也不急于"催婚"，年轻人有了婚恋自由。

当年，即使竹内亮是拿着摄像机突然来访，小寸家也盛情接待了他们团队。那时的镜头中，同样在庭院晚餐，围坐了12人，长桌上摆出20多道菜。这份温情，现在依然如故。

吃完饭，夜幕笼罩庭院，竹内亮与小寸坐在树下聊天，说没想到能见到他，怕他像元谋的芹会一样外出打工了。

小寸说，丽江这边外出打工的很少，毕竟这边生态环境好，所以他每次回来总要去江边玩一下，看看喜欢的"长江第一湾"。

谈到将来的计划，小寸说他一直想做厨师，但现在条件不太成熟。

竹内亮鼓励说："我很期待，再过10年，在你的餐厅吃你做的饭，可以吗？"

小寸点头笑了。

梦想放飞"第一湾"

第二天，竹内亮请小寸带路登上山顶，共同重温"长江第一湾"。

ZAIHUI CHANGJIANG

长江第一湾峡谷长达16公里，右岸的玉龙雪山主峰海拔5596米，左岸的中甸雪山海拔5396米，上峡口虎跳峡海拔1800米，下峡口海拔1630米，落差达170米。两岸山岭耸峙、谷坡陡峭，水中礁石林立、石梁跌坎，江流从上而下一连跌七个大陡坎，水势汹涌，涛声轰鸣，为世界最深的大峡谷之一，以其"险峻"而呈现"壮美"。

142

丽江　石鼓镇上"厨师梦"

江流最狭窄处仅30余米，相传猛虎下山，只需在江中礁石上踮一脚，便可腾空越到对岸，故有"虎跳峡"一景名传天下。人若是能置身谷中，看天一条缝，看江一条龙，乱石激水，旋涡漫卷，雪浪翻腾，飞瀑轰鸣，声震十里，气势非凡。

10年前，竹内亮用滑翔伞对"长江第一湾"进行了航拍，小寸就在镜头之中，那是一个蓄平头、穿牛仔衣的小男孩。如今，无人机已经普及，航拍变得简单多了，小寸这个大小伙拿起望远镜，欣赏无人机飞过他家乡的大河深谷。

竹内亮感到，历经10年，不仅是拍摄器材发生了变化，人也不一样了。但石鼓镇的美，"长江第一湾"的壮观，依然如昔。

小寸呢？他在实现自己职业理想方面，虽然暂时没有如愿以偿，但他在继续寻找生活的价值，努力让人生变得更加充实。

第十二章

香格里拉

那片天堂，那个姑娘

ZAI HUI CHANG JIANG

唐古拉山镇
香格里拉
丽江
泸沽湖
元谋
宜宾
泸州
重庆
宜昌
天鹅洲
岳阳
武汉
上海

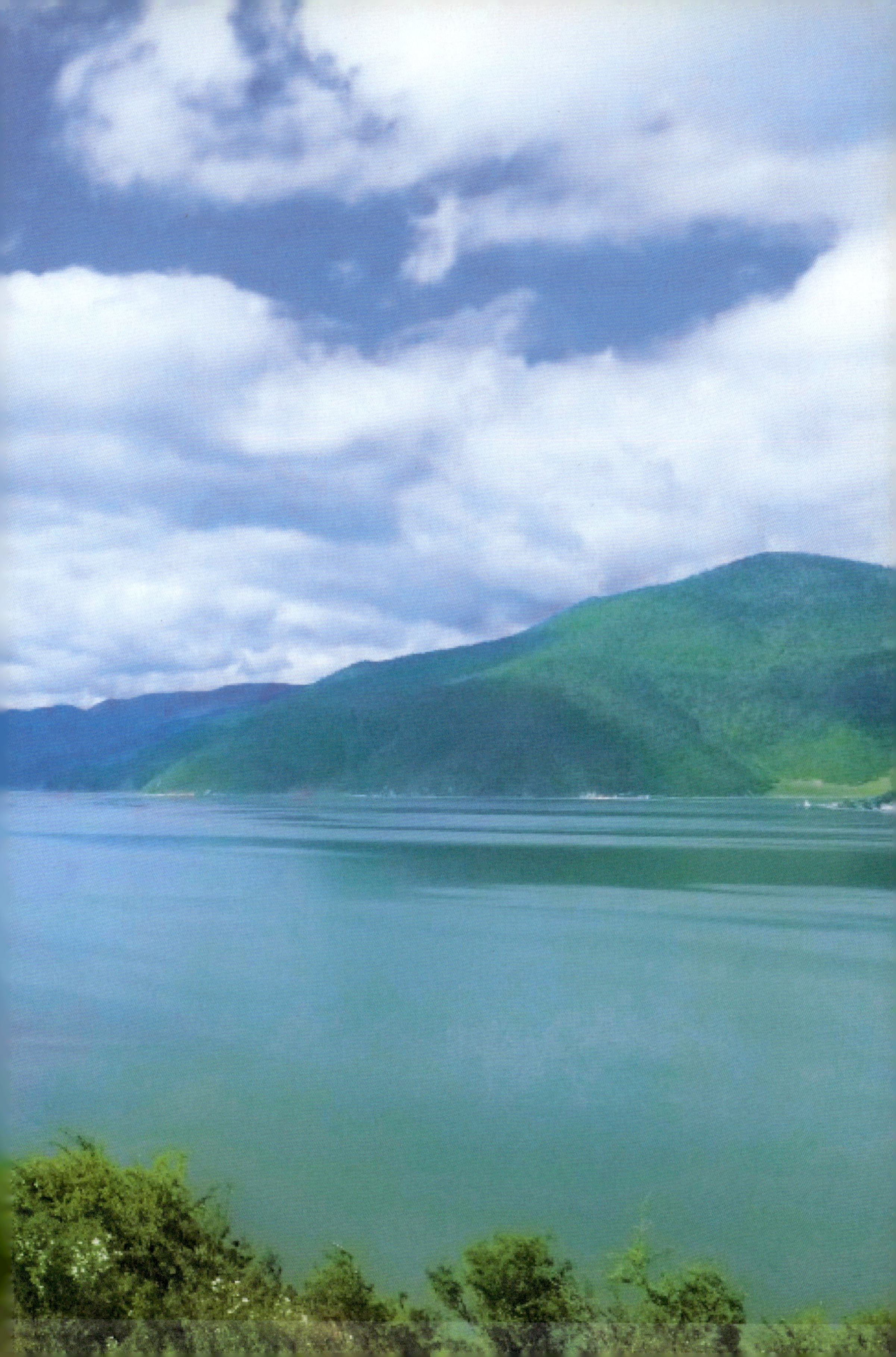

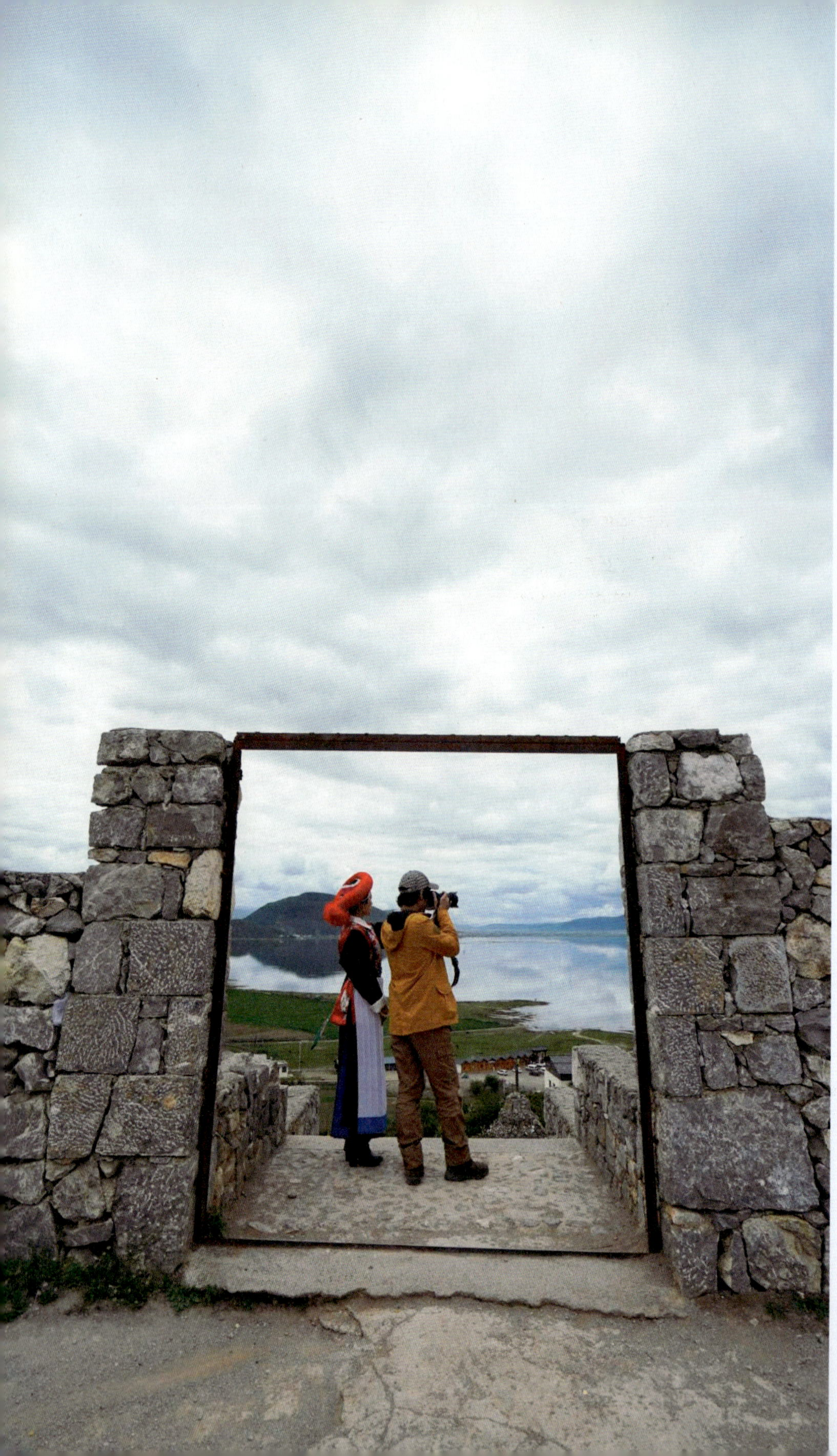

2011年，竹内亮拍摄《长江天地大纪行》，在香格里拉认识了一位藏族女孩，留下深刻印象。

女孩名叫茨姆，美丽单纯，活泼可爱，对外部世界充满困惑又十分好奇。见到飞机从天上飞过，她挥着小锄一连串发问："天上的飞机没有路吗？它想飞哪儿就可以飞哪儿吗？"

面对这样天真的问题，主持人冬冬耐心告诉她："飞机不可能想飞哪儿就飞哪儿，天上是有航线的。"

茨姆敏捷地马上反问："那就是有路了，是吧？"

冬冬只得认输："基本上应该算是有路吧……"

茨姆露出胜利的笑容。

竹内亮告诉茨姆，自己是来长江沿岸采访拍片的，问她："你喜不喜欢香格里拉？"

茨姆伶俐地回答："喜欢啊，每个人都喜欢自己的家乡，对吧？"

是啊，香格里拉如幻景一样美妙，早在20世纪30年代就全球闻名，源于小说《消失的地平线》的畅销。英国作家詹姆斯·希尔顿的美丽想象，无意中与这片藏语中意为"心中的日月"的世外之境极度吻合。特别是小说拍成电影后，一举摘下多项奥斯卡奖，更激发了人们对香格里拉的迷恋和向往。

香格里拉深藏在青藏高原横断山区腹地，地处云南、四川、西藏三省区交界处，属于云南迪庆藏族自治州，历史悠久，风光绮丽，拥有普达措国家公园、独克宗古城、噶丹·松赞林寺等自然人文景点。

香格里拉原名中甸，2001年呼应千百万粉丝的企盼，更名为香格里拉县。如今，竹内亮再次踏上旅程来到香格里拉，它已于2014年"撤县改市"了。

那个喜欢自己家乡香格里拉的茨姆，在哪里？在做什么？

"三江并流"奇观

青藏高原亘古高耸云天，默默孕育了金沙江、澜沧江、怒江的源头。三条大川不畏崇山峻岭，左冲右突奋勇穿行，最后并驾齐驱遥相呼应，一同奔流了170多公里，形成全球罕见的"并流而不交汇"的奇观，位列全球珍视的"世界自然遗产"。

竹内亮来到"三江并流"处，从这里开始，金沙江上游改称通天河了，而澜沧江流入越南后称湄公河，怒江流入缅甸后称萨尔温江。实际上，这是贯通亚洲的三条大河在手挽手并流奔腾啊。

与丽江石鼓镇那边的"长江第一湾"一样，德钦奔子栏镇这边的"金沙江大湾"是长江在大地上的杰作。"长江第一湾"120度大拐弯，画出一个巨型V字；"金沙江大湾"更厉害，180度大拐弯，画出一个巨型 U 字，壮阔雄浑，成为"三江并流"的标志性景观。

竹内亮健步走向一个圆形观景台，凭栏俯瞰熟悉的大江拐弯而来又绕行而去，朝着大山发出"让人好怀念"的赞叹。

10 年前拍过金沙江大湾，对比原来的画面看似变化不大，但当时只有一条砂石路，现在新修了一条柏油路，开车可以直达江边。

来到江边，一脚踏上水中一块石头，竹内亮照样要掬一把水"偷偷喝"。

眺望长江上游，在这片"三江并流"区域，有一个竹内亮无论如何都要见一面的人，那人就住在香格里拉。"金沙江大湾"边的奔子栏镇，便是她那时到过的最远地方。

抱羊羔的羞涩女孩

车在平整的公路上行驶，一边沿山，一边傍"海"。

这"海"是纳帕海，一汪碧水宽阔平静，倒映出的车如同在巨大的镜面边缘滑过。

"水好大，比咱们上次来大了好多。"

"对啊，上次没有这么多水哇。"

"真的是海！"

一行人如见久违的朋友，热切地争相发表感慨。

这样的地方，没有不停车走走的理由。

越是临近"海"，大伙儿越是忍不住感叹："哇，漂亮！"

藏式民居色彩缤纷，散布湖泽，草甸半岛一样伸向湖中，牛儿漫步吃草，小马驹撒欢奔跑，老奶奶身边跟着孙儿埋头采蘑菇……

好一派牧野风光，香格里拉无愧"理想之乡"的美誉。它海拔大约 3300 米，但与一般高海拔地区植被稀疏荒凉不同，这里意外的水

草丰美、树林繁茂，仿佛是上天对她格外垂爱。

竹内亮当年就是在这个美丽宁静的地方遇上那个藏族女孩茨姆。

茨姆一身鲜艳的藏族服饰，一顶红色绒织大帽子特别夺目，但用一条蓝围巾捂着鼻子嘴巴，衬出一双眼睛特别明亮清澈。她依偎在石头砌筑的"天空之门"门墙前，身旁有一只乖巧的羊羔，见竹内亮一行过来，起身含羞地问："你们是来拍电影的吗？"

"天空之门"上横着"纳帕海旅游景点"的招牌，茨姆抱着羊羔，招徕游客与羊羔拍合照，一张收取5块钱。由于她比较内向，总是轻声问人家："抱着羊照相吗？"一些女游客总是以"不敢抱"谢绝。

竹内亮让冬冬给他与抱着羊羔的茨姆拍了一张合照，这次偶遇也促成了以后拍片继续讲述她的故事。

开民宿的干练老板

10年后，竹内亮再度来到这儿，当年的摄影师杨林与茨姆取得联系。真好，她还在香格里拉。

竹内亮一行步入村子，努力回忆当年情景，又是好一番寻找。

一片老房子，都像，又都不很像。问一位中年村民，给他看10年前的照片——"她叫茨姆"，可人家摇头不认识。

又一片住房，都变样了，找不着从前的影子。一位穿校服的女孩走过来，她一看照片上的茨姆，顺手一指对面高大的新房子："这家。"

竹内亮惊讶了："酒店？"

杨林也惊喜:"她家开酒店了哇!"

竹内亮想起来:"她当时的梦想就是开酒店的嘛,你记得吗?她写信也说'我的梦想是开酒店',她的梦想真还实现了哇!"

门前停着两辆小车,路边竖着一根高杆,牌子上写着"仁青茨姆美苑",竹内亮一字一字地读了出来,欢欣地称赞:"好时尚的招牌啊!"下面的英文"Aurora"让竹内亮心里一闪,他想起来当年茨姆在上海外滩的高楼上看到的就是这个单词。竹内亮抑制不住的感动!

"仁青茨姆美苑"是酒店的名称,酒店气宇轩昂,像一座小城堡。从大门廊柱挑檐下步入,得见三层楼房从三面合围出一个小院,空中一架钢结构玻璃天棚,覆盖繁复的藏式原木雕花建筑,现代感与传统格局交融。宽大木梯当门而设,二楼和三楼三方展开走廊,这规模不小,客房该有二十多间吧?

竹内亮打心眼里为茨姆高兴:"好大!""都是新的!""哇,她真的实现了梦想。"

突然"嗨"的一声,茨姆从里屋迎出来。

竹内亮连喊:"茨姆!茨姆!"

茨姆更是满心欢喜,与大家一一拥抱:"你们真的来了,没想到你们会来!"

竹内亮:"我们也没想到你开酒店了!"

茨姆滔滔不绝地介绍说,酒店去年11月底开业,过年后游客就慢慢多了,到"五一"就会更好一些。

茨姆的装束与少女时期完全不同，挽着头发，黑色碎花上装，套马甲，扎围腰，表达流利，举止干练，与之前那个羞涩的女孩相比，"变多了！""成熟了！"大家交口称赞。

竹内亮干脆称茨姆为"老板"："老板，带我们上楼看看吧。"

茨姆把她开的"仁青茨姆美苑"酒店称之为民宿，特别设有"家庭房"吸引游客，空间都很大，外带玻璃阳光小屋，摆有桌椅供客人看风景休憩。最大的一间套房可以看到纳帕海。

竹内亮一一观赏客房的家具、灯具，茨姆挺自豪地说许多都是她自己设计的。但洗浴设施向酒店看齐，全是引进现代装置，甚至配上了地暖，一到晚上就开，整个客房就暖和了。

竹内亮惊叹："这么高科技的东西都有了，以前不就是烧木柴嘛！"冷不丁，他发现，一旁壁炉中塞满了小圆木，细看却是一种艺术装饰。

茨姆好不得意："都是我想出来的。"

茨姆的妈妈听说竹内亮来了，上楼相见问好，可转身又掩面抹起了眼泪，回到楼下都止不住。

茨姆陪着一起掉泪，解释说："我妈就是太激动了。她说她一生最开心的事，就是你们带我们一家子去上海。她说她永远都忘不了。"

竹内亮上前拥抱茨姆妈妈，茨姆仍在说："她做梦都没想到可以跟你们一起去上海！我们一家子都没有这样想过！"

轮到竹内亮落泪了，一时不能自持，赶紧转身埋头托住下巴。

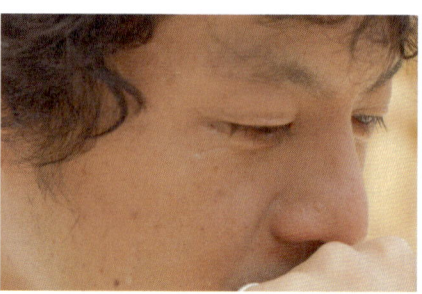

上海之行的冲击

上海，屹立万里长江出口，纳百川而入海，总是立在潮头，无愧世界最发达的都市之一。

去上海，对茨姆一家来说，是她们一辈子最美好的经历。

促成此行，是竹内亮听说茨姆有一个很纯粹的心愿，就是想看看外面的世界。茨姆对飞机好奇，不是没有缘由。

2011年

茨姆听竹内亮说上海最高的楼有100多层，她觉得太神奇，用手由低往高比画："就是这样一楼一楼的，100多层？哇，不可能吧，那怎么造出来的？"

冬冬看她歪着脑袋不相信的模样，说："真的，你怎么不相信呢？我们带你去上海，然后就给你看高楼，然后我们一起坐电梯。"

几天后，茨姆和她的爸爸妈妈一同去了上海。

上海外滩，浦东摩天大厦林立，"东方明珠"一枝独秀，全部收入茨姆一家合影的照片中。

住在长江上游香格里拉的茨姆，第一次看到长江入海口的大都市，大开眼界。

第一次乘地铁，茨姆要起身打量，觉得好快呀！

看到乘客用手机，茨姆也要侧身打量，觉得屏幕好大呀！

黄浦江不过是长江的支流,也让茨姆以为是大海。江上驶过轮船,她跺脚欢叫:怎么那么大呀?那里面有人吗?

登上当时上海最高建筑金融大厦,踏上空中观景长廊铺的透明玻璃,茨姆一见下面出现楼房、马路和汽车,吓得不敢踩上去。冬冬反复鼓励她:"踩上去试试,没事的。"可她只敢站到一处钢梁上,抱着柱子俯瞰黄浦江美景。

晚上,夜游黄浦江,两岸彩灯四射,勾勒出大上海的雄姿。茨姆好开心:"太漂亮了,哇,太漂亮了,这里晚上怎么这么漂亮!你看你看,那里又有船……"

茨姆第一次走出香格里拉,上海对她的心理冲击是巨大的,然而她不是害怕,也不只是羡慕,而是被唤起了创业激情。

从上海回香格里拉不久,茨姆给竹内亮寄来一封信。她在信中说,她的梦想是开一家小客栈。

现在,竹内亮就在茨姆的"小客栈",听到茨姆的手机响:"你接吧,接吧老板,老板工作优先啊。"

果然来了生意,茨姆报出"香格里拉仁青茨姆美苑",熟练,专业,接着一一介绍客房,一下敲定了四间大床房。

"不错啊,老板,我们正好见证了一下。"竹内亮为茨姆的"成功转型"而高兴。

从10年前与我们相遇,到如今开"小客栈",茨姆曾在香格里拉一家有名的民宿打工,学到了经营管理经验之后,她毅然向亲戚和银行借款几百万元,开出了自己的民宿。

茨姆很是骄傲,说她之前想做的民宿比较普通,压根儿不知道客房要带卫生间,因为那时家里本身就没卫生间,是到上海见识了繁华大都市，才颠覆了以往的认知。

在上海住酒店，茨姆走进客房，见床上一片白色以为没被子，接着惊奇地发现客房内还有卫生间。在她的想象中，民宿就是"大车店"，至多像"青旅"那样一间房上铺下铺睡好多人，哪知还可以这样做呢？

茨姆的变化是根本性的，如果没有"走出去"，她恐怕可能还在家门口抱羊羔招揽游客拍照，每次挣个5块、8块的。事实上，村子里有的姐妹还在如此谋生活。

茨姆的成功，算得上是"思路决定出路""眼界打开世界"的鲜活标本吧？

茨姆叔叔的变化

来到纳帕海边，竹内亮为草地上的一只羊羔拍照，茨姆鼓励他抱一抱，然后抱起演示给大家看，那一俯一扬，又柔情又优美，还是那个单纯的女孩。

曾经，这儿只有茨姆一人经营与羊羔合影的项目，如今已增加了骑马等体验性项目，形成有组织、有规模的旅游经营。体验性项目大受游客欢迎，迅速在香格里拉流行开来。

村子经营观光旅游的负责人恰好是茨姆的叔叔，她隔着窗子一喊"叔叔"，这位汉子一下认出了竹内亮和杨林。

当年，恰是茨姆叔叔强烈反对她跟竹内亮去上海，茨姆一筹莫展，差一点就放弃了。好在茨姆妈妈大力坚持，最终有了上海之行。

坐下来提起往事，竹内亮调侃"两个犯人"来了，茨姆叔叔笑得闭上眼，然后也开玩笑说："现在不反对了，今天把她带走"……小屋子里一片笑声。

当初茨姆叔叔怕竹内亮一行是坏人，现在则表示："别说去上海，就是去国外也支持。"

一旁放羊的姐妹插话："所以，人的变化是特别大的……人家从抱羊羔到开民宿了，是不是变化非常大？"语气中不无羡慕。

黄昏降临，暗淡的云层下，湖水波光粼粼，衬出湖滩上四匹马低首吃草的剪影，水墨画都画不出它的美妙。

茨姆妈妈张罗了一桌子好菜，茨姆一家人招待竹内亮一行。

揭开桌子中央的藏式火锅，茨姆介绍道："藏香猪排骨，还有从海拔5000多米的山上采下来的野菜。"

2011年

再会长江

茨姆

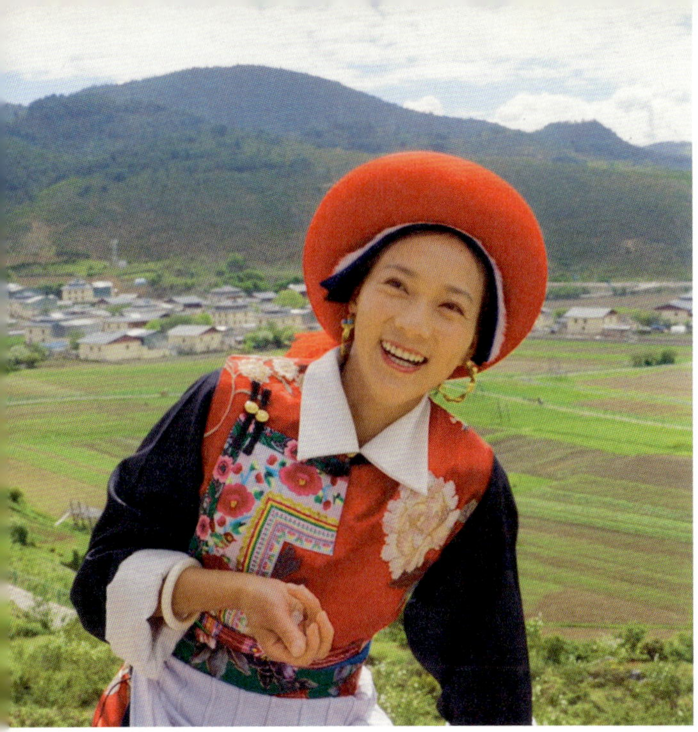

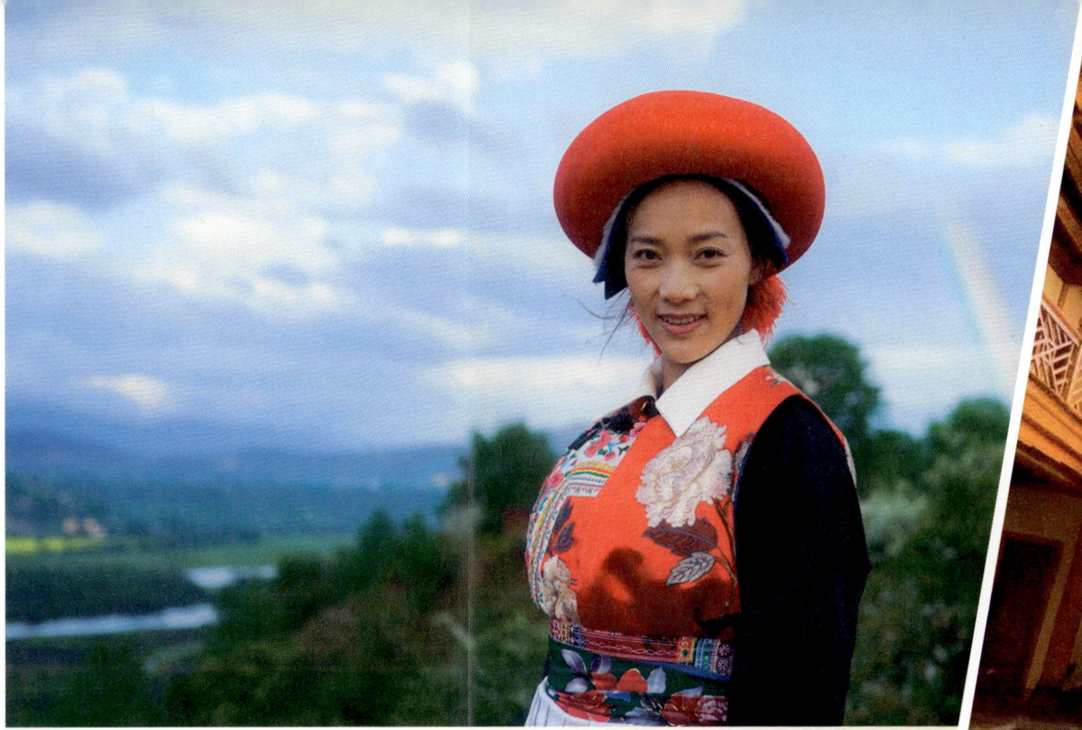

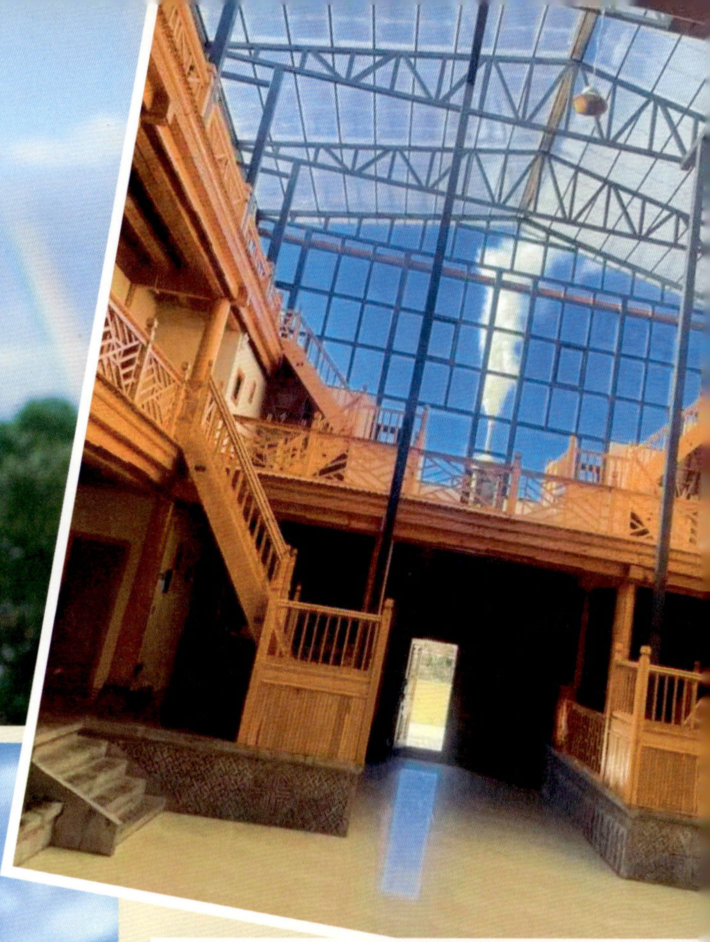

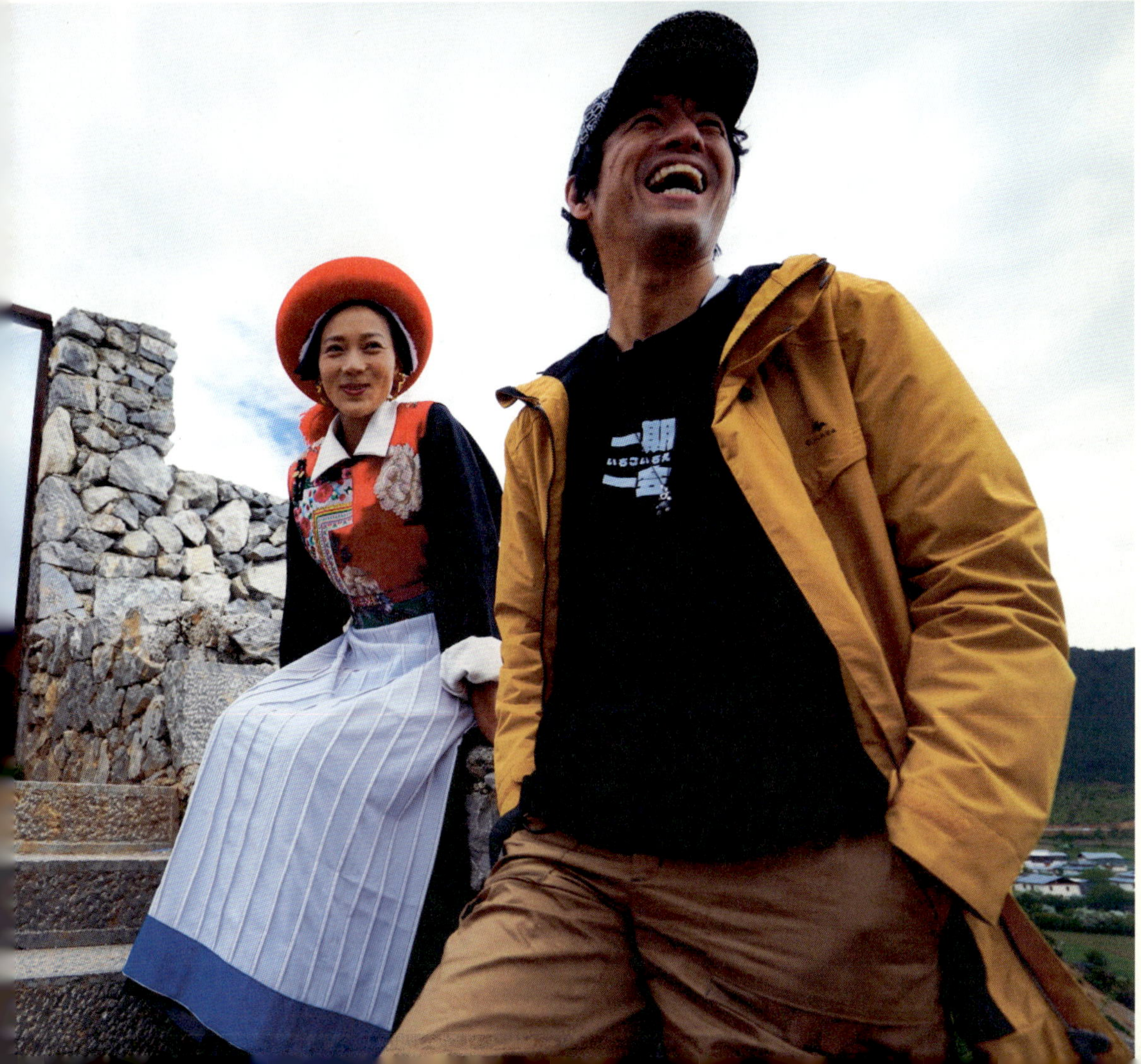

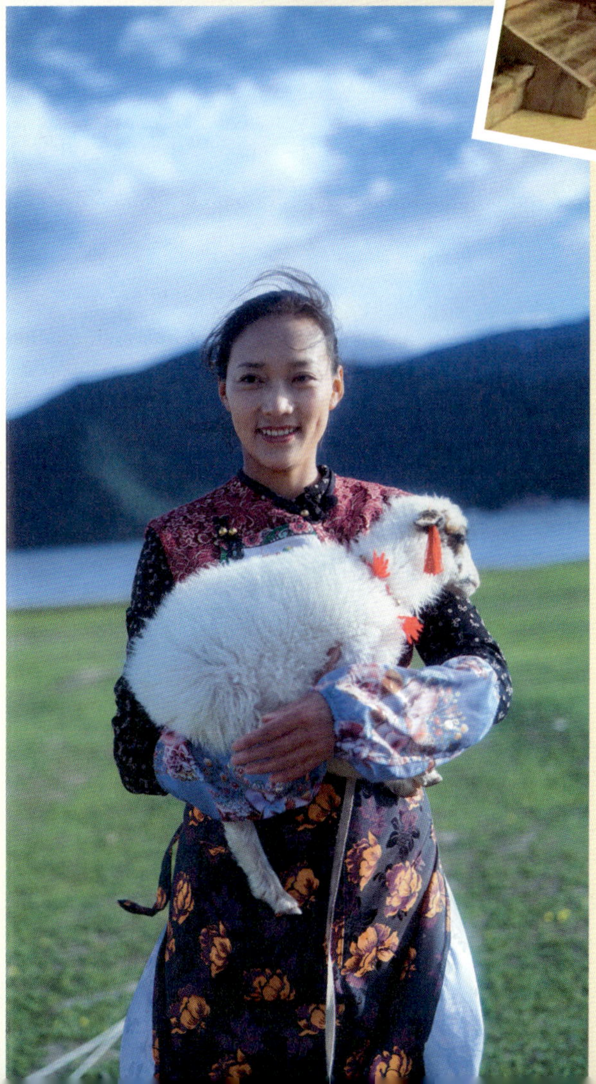

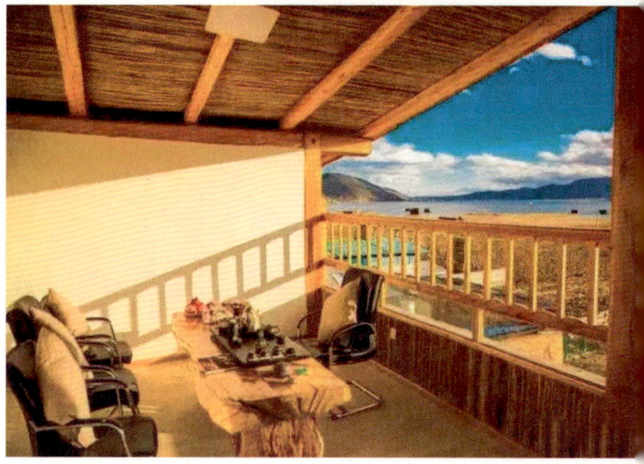

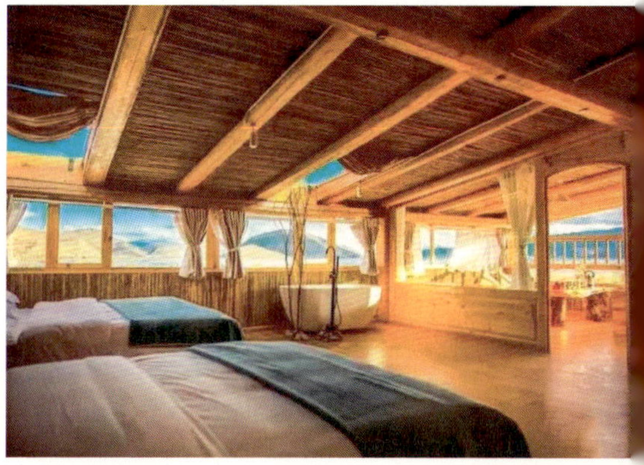

的故事

席间，茨姆从柜子抽屉拿出一沓照片来，这是10年前竹内亮、杨林送给她的，珍藏到现在。

茨姆满脸幸福地微笑："这是和冬冬哥的合照，这是我们草原，这是在上海的晚上拍的……"身后是"东方明珠"的夜景，大家一个个都好年轻呀。

三人沉浸在回忆中，茨姆又谈起上海之行，竹内亮指着杨林，披露了一个小内幕："他反对……我俩还吵架。"

杨林笑着解释说，那时茨姆去过的最远地方只是奔子栏镇，因此担心她一下走那么远，又是中国特别繁华的大城市上海，回来后会不会觉得自己家乡没意思而不想再待下去呢？

茨姆回答说，她的情况正好完全相反。

竹内亮意识到："那你去上海了之后更喜欢这边了。"

茨姆连连点头："对对对，我更喜欢这边了！"

宁静的夜晚，宝蓝色夜幕升腾起满天繁星，与橘黄色灯光中的茨姆民宿构成一种和谐的美。

大学生妹妹的婚恋观

第二天，竹内亮决定跟拍茨姆一天，看看这10年间她的生活发生了怎样具体的变化。

清晨，茨姆首先向一个专用炉膛喂送柏树枝，熊熊火光映红她的脸庞。

"藏族习俗？"

"对，这个用汉语翻译的话就叫'煨桑'。"

在藏族地区，"煨桑"是一种古老仪式，凡有烟火的地方都有煨桑炉，

家家烟雾袅袅，弥漫着浓烈的仪式感。

早上6点，茨姆就得给家畜喂草料，然后挤牛奶。

竹内亮蹲下身子帮着挤牛奶，好一会儿没挤出来不说，奶牛还甩尾巴打他的头，一次，两次，三次……他躲避不及差点摔倒。

竹内亮问："它不喜欢我？"

茨姆提醒他："轻点轻点，牛感到'痛'了。"

9点，茨姆去接小孩，原来她有两个小孩了。小孩平时在学校寄宿，当天是节日，要接他们回家。

茨姆换上牛仔装，去镇上的学校。

纳末塘小学，五层楼的教学大楼背靠大山，大门两根红柱子撑起飞檐翘角，家长牵着小孩蜂拥出来，步子都是轻快的。

茨姆的两个孩子可爱大方，他们知道妈妈去过上海的故事，见了竹内亮不认生："原来是你，我还以为你们去美国了。"他们错把日本当成了美国。

茨姆开车，两个男孩坐一排，她的脸上洋溢着幸福的光彩。

茨姆18岁那年，听从父母之命结婚了。现在，她的老公基本上在外边打工，家中所有的事情都靠她操持。

回家后，茨姆做了羊肉粉，味道鲜美，竹内亮同她边吃边聊。

"你怎么认识你老公的？"

"父母包办定的。"

"你结婚之前没见过吗？"

"没见过。"

"那如果长得丑的话怎么办？"

茨姆不好意思地笑得弯了腰："这个就看吧。"

面对竹内亮的一个劲儿追问，茨姆反复解释："那是10年前，自己什么都不知道，有人介绍哪里哪里有个小伙就行了，而妹妹现在就不一样了。"

妹妹比姐姐只小6岁，两人的境况迥然不同，一个18岁就结婚成家，一个20多岁还在上大学。

妹妹大方地过来交流。她戴眼镜，白色圆领衫外加一件湖蓝色衬衣，地道的大学生装束。

竹内亮说："妹妹好幸福，你可以自己找对象了。"

没想到，妹妹表示"30岁之前不想结婚"。

竹内亮觉得好意外，问一旁的妈妈："同意吗？"更没想到，妈妈说无所谓，她的事她自己做主就成。

完全不一样了，完全不一样了！竹内亮唯有惊讶："无所谓？"

唉，几百年的传统，怎么会在这么短的10年，突然改变了呢？

妹妹认真分析说："主要是时代变化得太快，像抖音什么的兴起之后，对观念的影响真的非常大。"她反问竹内亮："你看，连老人都在刷抖音，是不是？"

开放的中国拥抱全世界，即使深处内陆的香格里拉也不例外，现代化之风已吹遍大地的每一个角落。

想把民宿开到拉萨

下午，竹内亮约上茨姆，来到最初相遇的地方。

茨姆穿了一套红色藏服出门，那顶红色帽子和帽子后的红色大绒球醒目漂亮。

"当时我是这样穿的吧？"

走到"天空之门"门墙前，茨姆说道："当时这里有房子，现在没有了，怀念。"

湖畔，一对情侣甜蜜依偎，听从摄影师的摆布拍婚纱照，脚下的草地开着无名的花。

茨姆坐到老地方，似乎在回忆，略有一丝失落，说："不知道什么原因，我天天都在这里，我一直都在这里，就为了一两个游客，一直等，天天十个小时……而游客每天可能也就来一两拨。"

竹内亮给茨姆拍照，安抚她的情绪，脑海突然迸闪一个念头，就是让她与10年前的主持人冬冬视频通话。在茨姆的民宿初见时，她就细心地扫视一行人，嘀咕："冬冬哥没来？"

茨姆回忆："我在这里想起的，全是冬冬哥，我对他印象最深，问过他好多好多问题。"

可是，冬冬哥手机通了却没有反应，可能是太突然了吧，他不知道竹内亮又来了香格里拉。

茨姆不免失望，"我都有点想哭。"

还是这个地方，还是当年情景……茨姆很有些伤感，连连掉泪，半晌回不过神来。

"对你来讲，10年前的那个回忆特别美好，是吧？"

"对，肯定是的。"茨姆抽泣着，回过身仍在抽泣，用手撑着前额，低首回想。

起身踏上一座石板桥，茨姆才慢慢缓过神来，她转移话题，指着急急流淌的河水："你看这个水，感觉我们俩在坐船似的。"

竹内亮看到，撑着石板的桥墩是一堆交错搭起的木头，尖尖的很像船头，荡开涌来的水波。

10年前，竹内亮不懂中文，作为导演只能跟在镜头后面；现在他学会了中文，能在镜头前和茨姆深入交流。他再次深刻意识到，茨姆这10年的变化很大，她整个人很有气场。

在河边草地坐下，茨姆的思绪已从"冬冬哥"那边回到民宿上，她真的喜欢民宿，也喜欢经营民宿。

竹内亮看到有一张蓝图在茨姆心中徐徐展开，她对市场有清醒的判断，演讲一般挥着手说："我们村现在就两户民宿，但三年过后可能会有七八家，五年过后可能会有更多家。因此，我希望我的民宿能做得更有'设计感'，风格与众不同。"

茨姆规划着美好未来，她的民宿不满足于开在香格里拉，她还想朝拉萨方向走。

趁着还在香格里拉，竹内亮又打通了冬冬的电话，对他说："我给你隆重介绍一个朋友。"

冬冬一露脸，茨姆喜出望外叫了一声"天啊"，又喜极而泣几度背过身去。冬冬也好意外，兴高采烈地说："扎西德勒。"

竹内亮将手机镜头摇向民宿，冬冬叫一声"天啊"，然后是一连串的惊叹："这是以前那个院吗？""完全不一样了！"看着茨姆激动地闪现泪花，他竖起了大拇指："别人能想到的都能想到，但实际上能做到的人很少，我觉得你很厉害，佩服佩服！"

道别的时候到了，茨姆、她妈妈和妹妹，还有她的两

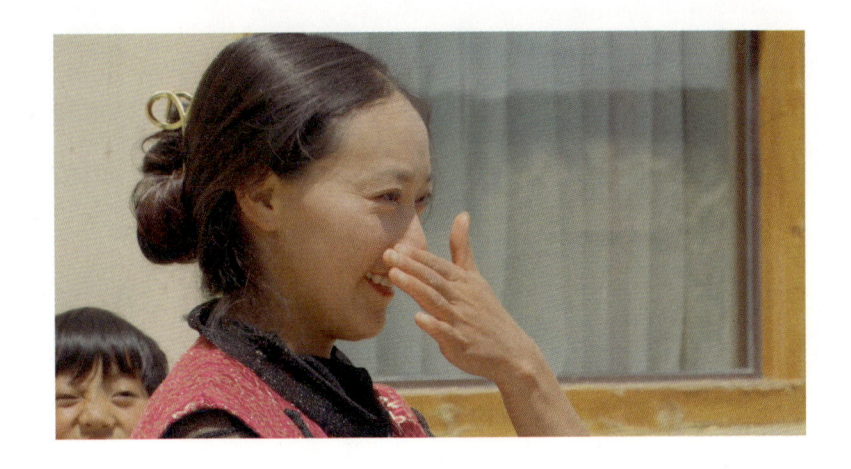

个孩子，全都送出门外，一再挥手说："一定再来！"

茨姆好几次背过身去抹眼泪，她的小女儿调皮，学着她的样子逗她。

坐到车上，竹内亮心中升起一种异样感觉，就是这次和茨姆告别没有那么难舍难分。他与杨林交流之后，共同认识到一个新的事实：他们的世界与茨姆的世界，差距已经越来越小，因此就没有了那么多的感慨和忧伤。

车行远方，竹内亮默默无语，他为茨姆和她一家命运的改变而深感欣慰——这不能不说是此行最大的收获。

一路顺风，竹内亮真诚祝福茨姆：一定能实现自己的梦想。

竹内亮回到南京后，为圆茨姆的梦，邀请她到南京做客，当然不是仅仅让她上长江大桥、游玄武湖，更多是带她观摩"设计感"更强的民宿。在南京游客集中的老门东，有不少老建筑改造的民宿，设计各具特点，竹内亮安排茨姆住了一家。她像当年在上海那样睁大了眼睛，捕捉一切新鲜的东西，不管是汉族婚礼，还是扫码点咖啡，不停地拍照留存，将来也许会用到她的民宿之中。

第十三章

青藏公路

搭乘「菜鸟」去沱沱河

ZAIHUI CHANGJIANG

唐古拉山镇

香格里拉
丽江
泸沽湖
元谋
宜宾
泸州
重庆
宜昌
天鹅洲
岳阳
武汉

上海

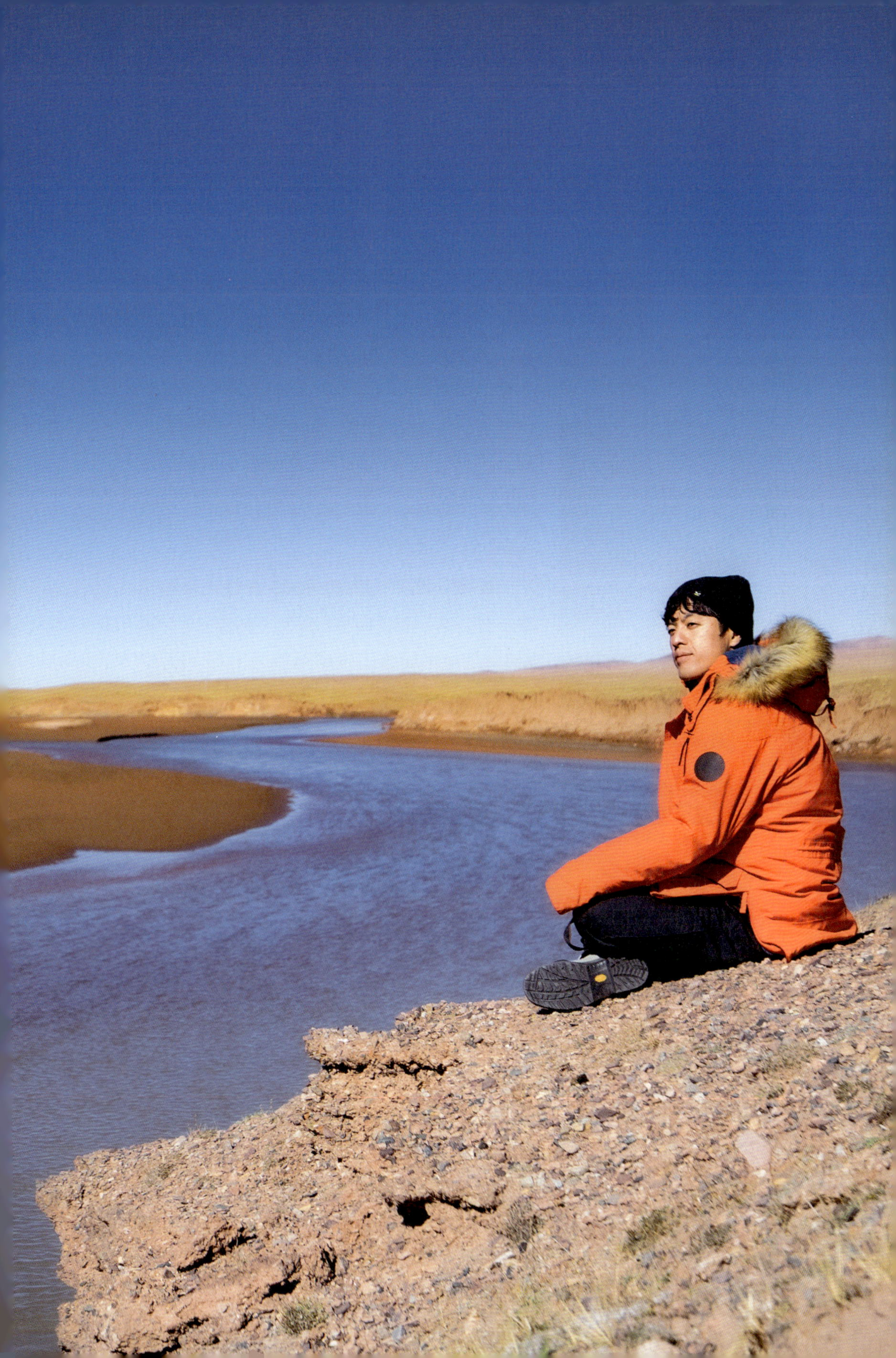

汽车驰上青藏公路，直奔沱沱河，目的地越来越近了。

一路疾驶，天上的白云缠绕地上的雪山，仿佛旋转着循环往复，各色美景如万花筒一样不断扑面而来，竹内亮常常脱口而出："好壮观！""很漂亮！"

青藏公路平均海拔 4000 米以上，在全球所有公路中海拔最高，宛如一条飘逸在"世界屋脊"上的玉带，蜿蜒 2000 多公里。高山、峡谷、草原、戈壁、盐湖、沼泽、冰川……不同的地形地貌，尽现各自的魅力，把竹内亮的眼睛和摄影机一起忙坏了。

应接不暇，美不胜收。10 年，长江肯定发生了巨大变化，怎样才能更真切地亲近她，感受她，再发现她？

西藏人学会网上下订单

前往沱沱河时，竹内亮采用了一种特别的出行方式，不是自驾越野车，而是搭乘一辆"菜鸟"快递大货车。他觉得坐一般车去没什么意思,如果碰上熟悉这片土地的货车司机,途中一定能听到很多有趣故事。

果然,司机李武——宁夏回族小伙,一身蓝天一样颜色的工装,一脸高原一样质地的纯朴,他讲的故事不仅仅是有趣。

竹内亮坐在副驾驶位置,很方便观察沿途景色,也能与李武不停对话。

很快,手机屏幕显示"高度4700米",路标也闪过"昆仑山 4700米",他们行驶在实实在在的青藏高原上。

大货车从成都上来,速度不低,也得60个小时才能到拉萨。但竹内亮发现,前方竟有人拉着板车行走。车上装着帐篷行李,车头飘着小旗——徒步去拉萨吗?

李武和换班司机马师傅争相告诉竹内亮:"徒步去拉萨的人很多,他们一边拉车,还一边直播呢。"

徒步?直播?这可是新鲜事,10年前拍《长江天地大纪行》时,竹内亮一路没见过。何况路况并非那么好,坐在车上都摇摇晃晃。

李武说,青藏线这一段公路特别窄,也很容易堵,应该说是全国大货车最难跑的一条路,何况还有高原反应,因此跑这条路的司机都较年轻。

竹内亮抓住机会同李武聊开了:"这几年西藏的发展应该挺快的吧?"

不错,随着西藏经济的高速发展,西藏民众的生活水平大为提高,刺激了对日用品的需求,随着人们学会了网上下订单直购,青藏线的货流量增长很猛。

2017年"菜鸟"抓到商机开通这条线,短短几年货流量就涨了三倍。

李武作为跑青藏线的货运司机,就是见证人。说到这里,他毫不掩饰他的成就感:"我们的功劳也不小哦,挺自豪的。"

李武虽然长途往返劳累无休,但每月有四万多元的报酬,也感到挺满足的。他只有小学学历,很难找到能挣这么多钱的合适工作,终年辛苦为着赚取年迈父母及四个孩子生活的费用。

第一次见识驾驶台做饭

跑了老半天,货车停下来,竹内亮透透气。

高原气候寒冷,竹内亮穿着厚厚的带帽羽绒服,而李武穿的是薄薄的短袖圆领衫,对比鲜明。

远方,一排雪峰闪耀,竹内亮咔嚓咔嚓拍个不停,连声赞叹"好看",也不忘夸奖小伙"身体棒"。

李武顾不上看风景,变戏法般拿出一个电饭锅,拉开座椅下的抽屉,里面塞满了肉、蔬菜、面包……食材挺丰盛的。接着,又顺手拿出一块小木板,就在驾驶室"当当"地切起了西红柿。

破天荒见到这一幕,竹内亮嘿嘿笑着:"在卡车里做饭,人生第一次见。"

李武给小煤气灶打火,这在高原不是一件轻而易举的事,好在鼓捣几下点着了,但火力不那么猛。

李武炒菜,像跑青藏线一样轻车熟路,花样、色泽都不赖,看上去挺诱人。

满锅的花菜炖肉,咕嘟咕嘟冒热气,飘出浓郁的香味。

青藏线沿途餐厅很少,饮食也不大合李武的口味,他几乎每天都自己动手做饭,花费也小一些。

饭菜熟了,无法窝在驾驶室进餐,那就天当房,地当炕,塑料箱当餐桌,三个人,一锅饭,一荤一素两个菜。远处雪山绵延作伴,近旁货车擦身而过,有点野餐一般的情调。

竹内亮首先舀一勺饭,检验在高原上煮得熟不熟,嚼了一大口,只能说"差不离"。再尝李武炒的菜,嘿,那味道挺好的。

然而,停车做饭太花时间,两位司机每天只吃一顿饭,轮班驾驶赶路,争取尽快把商品送到顾客手中。

司机梦想开个大型修理厂

出发5小时后,"可可西里"路标掠过,距离长江源只有数百公里了。

李武打开话匣子,说起了家,说起了孩子:"我们就是一直在跑,跑来跑去,两个月才回一次家。再走的时候,凌晨就得出发,不敢等孩子起床,孩子哭着闹着就走不了,好难受啊!"

竹内亮听了,哈哈笑着,引李武为知己:"其实吧,我跟你差不多。真的,我跟你差不多。终于有了能理解我的人。"

是的,竹内亮忙于拍片四处奔波,好久回一次家,李武忙于开车两个月回一次家,他俩"同病相怜",一起仰头笑了。

竹内亮发现,李武换班后并没有抓紧时间闭目养神,反而掏出手机盯着视频不放,这好像是他唯一的乐趣。

竹内亮扫了一眼,哦,视频里的房子是他的家。

李武对着视频说,只要空闲了就会看,想家嘛!

视频中出现几个孩子,一个小女孩刚一喊爸爸,李武的眼睛就潮湿了。小女孩接着一句:"爸爸,爱你!"李武是那么开心地回答:"爸爸也爱你的!"

竹内亮问:"听到孩子的声音什么感受?"

李武说:"心里很酸的……有时候,挺想立马换个工作,但是换啥呢?换其他工作又不挣钱。这个呢,累就累点吧,还能多挣一点。有时候回家,你都特别舍不得走……没有办法。"

竹内亮比画着开车的动作:"那如果儿子将来跟你说'我也想开车'……"李武毫不犹豫地回答:"那我肯定不让他开车。"

竹内亮称赞李武:"你是好爸爸呀!"同时拍拍马师傅的肩膀:"你

也是好爸爸！"

　　李武补充说："还要做一个好儿子呢！这样奋斗也是为了父母，想着明年给爸妈把那个房子重新建一下，毕竟是老房子了……"

　　货车滑入夜色之中，不知不觉11个小时过去，前面隐隐闪现零星灯火。

　　马师傅挥手示意："那就是沱沱河沿了。"

　　"沱沱河沿"是司机对唐古拉山镇的习惯叫法，唐古拉山镇就在沱沱河沿。

　　哦，沱沱河！到了，总算到了，终于到了！

　　竹内亮看表：10点半。

　　灯火越来越密集，卡车一辆接一辆，商店一家接一家，声声鸣笛催得霓虹灯不停闪耀。"丹仁百货""陕西面庄""安雅精品酒店"，各家招牌让人眼花缭乱，其中餐厅特别多，都是新开的。

　　哇，这和10年前真的完全不一样。

　　竹内亮下车，向两位司机道谢，拍拍李武的肩膀："我还没有问你，你未来的目标是啥？"

　　李武不好意思地摸起后脑勺说："未来的目标……我就想开个大型修理厂。"来往的车灯扫过他的脸，眼神中透着朴实坚定。

　　"哦，在宁夏吗？"

　　"对。"

　　"这样的话，可以每天见到孩子，多幸福的一件事。"

　　竹内亮合掌祝福李武实现梦想，挥手向马师傅叮嘱："注意安全、注意安全，小心啊！"

　　竹内亮知道，在青藏线往返的驾驶员，好多因气候严寒而辞职了，但李武为了家人的幸福还得拼命赚钱，希望他"一路平安"。

"长江源"纪念碑耸立面前

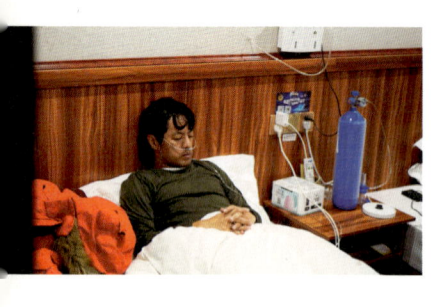

天亮了,竹内亮时隔 10 年后终于要与沱沱河再会了。

可是,严峻的考验莫过于高原反应。这里海拔 4700 米,竹内亮一抵达,即刻有了强烈反应:头痛、乏力、昏睡。

尽管天已大亮,竹内亮和摄影师躺在旅馆床上,鼻孔都插着氧气管,一脸倦容,精疲力竭。

编导可可敲门进来,看到这样的场景,似乎没多大信心:"你俩今天是到这边第二天吧,还不行?"

竹内亮头疼得厉害,难以支撑接下来的艰辛旅程。他掏出手机给可可看,上面是他发给妻子赵萍的微信:"我决定回去了。"

同时,竹内亮也不甘心,试图挣扎着起床,却是力不从心。他叹息这 10 年的最大变化是体力不复当年。

但是,在回程之前,竹内亮心有不甘,他很想看一眼长江源,拜托工作人员带他去沱沱河边。一下车,他拿着相机就朝前跑,工作人员只好抱着氧气瓶跟着跑。

看到了,看到了!竹内亮看到了长江源流从天边铺过来,一马平川又九曲回肠,仿佛是专为他徐徐展开最初的容颜……

寒风凛冽，吹动竹内亮的羽绒帽，拍打着竹内亮的脸，可他全然不顾高原的寒冷和工作人员的提醒，尽情呼吸着长江源头的清新空气，久久凝视那不可复制的壮观景象。

沱沱河，沱沱河！在与万千条河流交汇后，形成了一条大河，这就是长江。

竹内亮情不自禁，带着也许再也难以来到这里的一种觉悟，沿着沱沱河边走边拍，一股脑儿想摄入更多不可错过的影像，留下永久的纪念。

工作人员好担心，跟在身后一再提醒："慢点走，一定要慢。"

神奇的是，拍了几个镜头后，竹内亮惊奇地发现一个重大变化：就算不吸氧，他的身体也没什么问题了。

我来了，长江源。

竹内亮站到"长江源"纪念碑下。

纪念碑仅有2.5米高，由七块花岗石构成，形状不那么规整，敦敦实实带着原生态的风姿，见证着地球第三条大河的勃勃肇始。

碑石正面，雕刻着"长江源"三个大字。

碑石背面，碑文刻录着中华儿女的心声：

摩天滴露，润土发祥。姜古迪如冰川，乃六千三百公里长江之源，海拔五千四百米，壮乎高哉！自西极而东海，不惮曲折，经十一省市，浩浩汤汤；由亘古至长今，不择溪流，会九派云烟，坦坦荡荡。如此大江精神，民之魂也，国之魂也。江河畅，民心顺；湖海清，国运昌。感念母亲河哺育之恩，中华儿女立碑勒石，示警明志：治理长江环境，保护长江生态。玉洁冰清，还诸天地；青山碧水，留以子孙。

高原的湛湛蓝天，高原的悠悠白云，高原的皑皑雪山，为"长江源"纪念碑勾勒出宏大背景。

远方，广阔无垠的水系，犹如无数蟠龙赴会，带着不可思议的原动力，亘古漫延流淌……

到了纪念碑，沱沱河吹来爽劲的风，竹内亮体内似乎涌出不可思议的力量，庄严告知他的团队："我想继续拍摄！"

然而，竹内亮回到旅馆，不得不又插上氧气管，斜倚床头，有些无奈。摄影师徐亮进屋劝阻，"我们都想拍长江"，说着掀起眼镜抹起眼角……

竹内亮理解这位一起上过大凉山拍片的小伙是在考虑他的身体和团队的安全，但他不能再功亏一篑。

沱沱河老桥"变身"文物

经历了3天痛苦的高原反应之后,竹内亮轻松地踏上长江源头的土地,他向同伴欢呼一般说:"没有'高反'啦,'高反'一下也没事啦,我已经适应了吧?""不是适应,应该是兴奋吧。"

对,竹内亮确实蛮兴奋的,因为他想拍长江第一滴水的心愿,眼见着就能实现了。

竹内亮没想到自己的状态突然好了起来,这是长江源头的神奇,还是一条大河的召唤?他不能辜负心灵深处的指令,周身的热血也像长江波涛一样滚动……

竹内亮以虔诚之心慢慢踱步到河边,注视远远的山,打量近近的水。这山,这水,其实没有变化,跟10年前一样依然保持原始状态。对,这有可能是唯一跟10年前完全一模一样的地方!

竹内亮忍不住跑到浅滩,孩子般伸手掬一把水:"好凉,是冰川融化的水,带着大地的土味……"

眼前这一条沱沱河,就是由海拔6000多米高的雪山冰川的融水汇合而成的。水系像辫子一样收纳千万条溪流,往下流淌几百公里,汇成了一条通天河,然后是金沙江,然后是川江,然后是荆江,再然后是扬子江,蔚为长长的长江……

通过航拍俯瞰,更可以清楚看到,沱沱河就像母亲躯体上分布的毛细血管一样四处伸展,向中华大地输送着血液、灌溉着生命。

沱沱河沿的唐古拉山镇，被誉为"万里长江第一镇"，它的土地面积超过 47540 平方公里，能把 7 个大上海装进去，而居民不到 2000 人。它曾被认为是一个"被时光遗忘的角落"，可眼下大货车来来往往，汽笛声此起彼伏。长江口的人们一定难以想到，在远离大海的地方，会有这么一个小镇喧腾着。

竹内亮明显感到，同 10 年前相比，这里的人、车、房子都变多了。一家"舒鑫宾馆"横出一幅硕大招牌，跨在两座房顶之间，招徕远方的客人停下来。

竹内亮徜徉在宽阔的马路上，这马路也跟 10 年前完全不一样，新修的，很干净。前面，一辆黄色大吊车在安装红绿灯，它可能是这个镇的第一个红绿灯，这也是竹内亮第一次看到装红绿灯的场景。

竹内亮颇有兴趣地上前求证："这个红绿灯是这个镇第一个红绿灯吗？"施工人员点头，并告诉他，红绿灯是从内地专门定做运上来的。

往前走，是一座桥，竹内亮一眼认出："沱沱河大桥！"

这是 10 年前的桥。

这是 10 年前《长江天地大纪行》拍过的桥。

可竹内亮发现，桥的一旁又并列着一座新桥。

啊，原先的桥已不走车了，变为青海省"重点文物保护单位"。桥头石碑上，鲜明刻着"青藏公路长江源头第一桥旧址"。

路遇"免费喝咖啡"

漫步桥头,前面一处铁栏,上下挂着"带垃圾""免费喝咖啡"小招贴,二者内容完全不搭。竹内亮的兴奋点在"咖啡":"这么偏远的地方,竟有咖啡喝,还免费?"

一座绛红色藏式建筑风格大楼,墙上嵌着"长江源水生态环境保护站"的单位名称。

竹内亮走进去,见到一个吧台,问道:"这里可以喝免费咖啡?"

一位戴眼镜的女孩过来接待:"如果带垃圾的话,可以喝。"

哦,原来是一群志愿者发起"带垃圾喝免费咖啡"的活动,二者有着紧密关系。

咖啡厅坐有五六个年轻人,正好有人在播放日语歌曲,正好一名志愿者来自竹内亮去过的武汉,他找到共同话题,坐到他们中间。

这群年轻志愿者,不远数千里深入到长江源头,从看似微不足道的"减少垃圾"做起,以增强人们保护长江生态的意识。他们大多来自上海、南京、武汉等长江流域的大城市,毫不惧怕高原的寒冷,还有缺氧的环境风险。

一会儿,四个志愿者起身外出,竹内亮以为他们去拍照,追上去要一块儿走。可他们不是去拍照,而是去

做"垃圾调查",一位女孩还推着一辆小铁车。

"我们在这个镇上捡一圈垃圾,再对垃圾进行分类记录……"武汉来的那位志愿者一边向竹内亮介绍情况,一边不放过路边的垃圾,随手用火钳夹起一块白色泡沫,装进小铁车。

到达唐古拉山镇的车辆和游客不少,各色垃圾还是很多的。志愿者不仅捡垃圾,而且带着随身喇叭不断播放宣传口号:"从我做起!""垃圾不落地,青藏更美丽!"

竹内亮加入"垃圾调查"行列,沿着道旁的一辆辆车朝前走,捡塑料桶,捡纸箱板,捡饮料瓶……不一会儿,小铁车就装满了。一些司机和游客随手扔垃圾的坏习惯,确实需要有人去引导规范。

回来后,志愿者将垃圾送到用铁网围出的"垃圾仓库",那儿的垃圾已堆到一米多高,接近了铁网的上沿。最多的垃圾是五颜六色的饮料瓶,密密实实叠压成一大堆。

"这么多?"竹内亮有些惊讶,志愿者颇为骄傲地说:"很大一部分是我们每天捡过来的,我们不断积累也不断消化。"

进入铁网,整整齐齐排列着 6 个封闭式垃圾分类箱。竹内亮看了它们各自的标签,称赞:"分得很细,就像日本一样。"

一位女孩听了挺高兴,亮出一个本子介绍说:"本子上记录垃圾品类及品牌,积累出足够的数据,统计分析反馈给品牌方,然后就可以期待……"

竹内亮故意紧接一句："收他们的赞助！"

女孩笑了："但我们更多的是希望他们改变自己品牌的包装，使之更环保一点，减少对长江的污染。"

竹内亮与志愿者一起做垃圾分类记录，一边捡一边报："娃哈哈3个，红牛2个，雪花1个，康师傅最多……"

身旁，一群年轻志愿者神情专注——他们正在做一件神圣的事。

竹内亮体会到，包括他所居住的南京在内，长江流域的人口有4亿之多，上下同饮一江水，如果源头污染，沿江城市都会受到不良影响。好在他欣喜地得知，这个志愿者群体倡导的活动会延伸到长江中下游，汇聚为巨大的民间保护力量。更重要的是，国家高度重视这一条"世界的河"，将"长江大保护"放在长江经济带发展的首要位置，为子孙后代留下福祉。

第十四章

玉珠峰

终于拍到第一滴水

地图标注：
- 唐古拉山镇
- 香格里拉
- 丽江
- 泸沽湖
- 元谋
- 宜宾
- 泸州
- 重庆
- 宜昌
- 天鹅洲
- 岳阳
- 武汉
- 上海

ZAIHUI CHANGJIANG

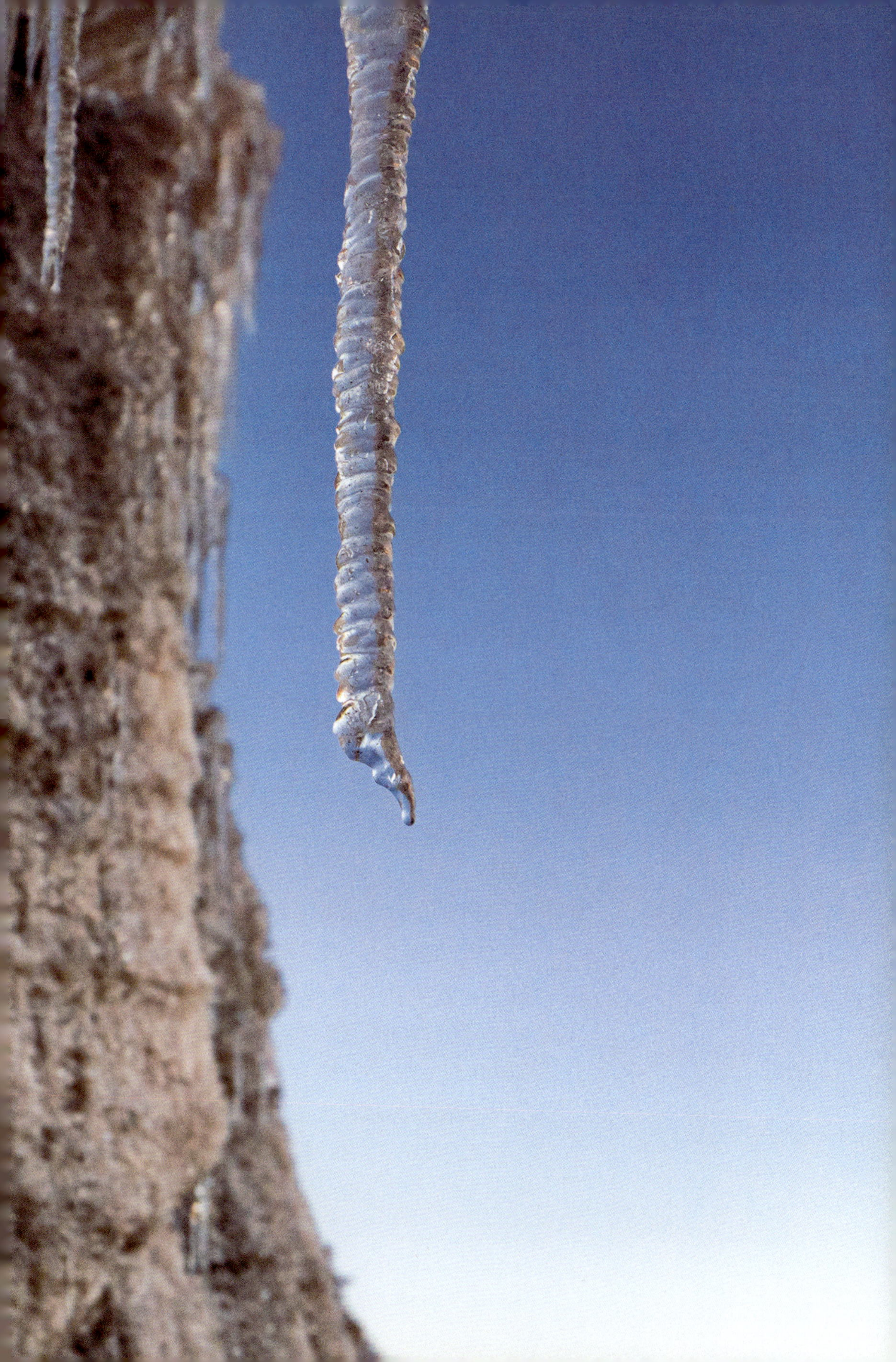

从唐古拉山镇出发，前往玉珠峰，竹内亮踏上寻找长江第一滴水的最后旅程。

玉珠峰，海拔 6178 米，位于青海格尔木南 160 公里的昆仑山口以东 10 公里，是昆仑山东段最高峰。南缓北陡，南坡冰川末端海拔约 5100 米；北坡冰川延伸至 4400 米。山峰顶部常年被冰雪所覆盖，无岩石裸露，冰雪坡较平缓。

突然，开阔的大玻璃前方出现一头狼，一头同土路一样灰黄色的狼，旁若无人迎着车头跑过来。

竹内亮立即抓起摄影机："真的是狼吗？不是狗？"

大家紧张地七嘴八舌："狼，狼，真的是狼。""绝对是狼。""它的尾巴是夹着的。""而且脸是尖的。""太难得了，藏狼。"

车停下,狼也停下,毫不惧怕与人的相遇。

大家警惕起来。有狼,表明地段会越走越荒僻,越走越危险。

对面刚好过来一辆车,是格尔木生态保护站的车,司机赶紧摇下车窗打探路况,得知上面还有两个村子,稍稍放下心来。

这条沿着沱沱河上行的路,在导航中搜寻不到,等待竹内亮的不知会是什么。

荒天绝地的恐怖时刻

一切似乎再顺利不过了,虽然越走越荒僻,视野却越来越开阔,一条土路笔直得没有任何变化。

上面,悠悠白云好似静止不动,看不到变幻。

下面,漫漫黄土好似广阔无边,看不到尽头。

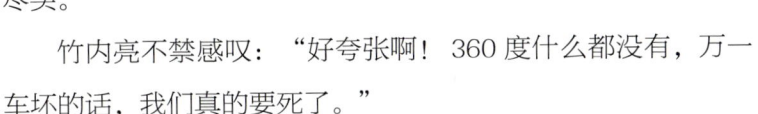

竹内亮不禁感叹:"好夸张啊!360度什么都没有,万一车坏的话,我们真的要死了。"

竹内亮问他的同伴:"你们什么心情?"

后座的摄影师徐亮一板一眼"播报"留言:"爸爸妈妈你们好,出事了,麻烦你们找一下竹内亮……不,找赵萍吧,竹内亮可能和我们一起驾鹤西去了,竹内亮找不到……"引得大家一阵大笑。

竹内亮团队如此开玩笑,乐观,和谐,又有一种将生死置之度外的豪气。

但高原上的种种不测,就在车轮前盘旋。

两个小时后,路变得泥泞,大家都下车,小心察看能否开过去。

竹内亮踩上几脚,土有点软,不,挺软,正当他迟疑说"车不该开过来吧",可可就把车直挺挺开过来了……完了,完了,大家一起傻眼了,看着车轮直往下陷,一连说了七八个"完了"!

左前轮陷进大半个,底盘也快要陷进去。

大家赶紧四处找石块垫车轮,一拥而上用力推车头,车轮轰轰空转,溅射泥浆……那架势只会越陷越深。

四顾茫茫,空旷的原野连鸟影儿都没一只。

竹内亮怯怯地问可可:"怎么办?"

摄影师刘龙飞一脸茫然:"我也不知道……"

竹内亮道:"相当危险……"

刘龙飞一脸沉重:"很危险……"

竹内亮道:"生命的危险……"

刘龙飞一脸伤悲:"对……"

恐怖的气氛随着寒气上升,迷茫的目光所及,除了高原的山外,就是高原的黄土。叫人害怕的是,大家的手机全无任何信号。

此时,竹内亮坐了下来,面对单调漠然的黄土,他甚至开始回忆自己43年的人生。至于他首先想起了什么呢……这是个秘密。

忽然传来什么声音,司机惊喜地叫唤道:"那边有个人!"

风,呼呼流动,远远有一辆摩托车横向疾驶,竹内亮与可可拼命跃身跑动,一个劲地挥手,一个劲地叫喊。

摩托车转向驶过来,工作服背后"草原管护"四个字,令人备感亲切。

非常幸运,碰上了草原管理员从此路过,他熟悉周边情况,立马联系附近的牧民。

玉珠峰　终于拍到第一滴水

　　经过两个小时煎熬等待，终于等来一辆白色救援车，大家都挥手欢呼。

　　几位牧民二话不说，从车厢拿下救援工具紧张忙活，挥锹先挖车轮下的泥巴，每一锹都冒出一汪水来。

　　非常严峻的现实摆在面前：源流地区的土地是冻土，午后气温升高，土层进一步融化，车轮只会越陷越深……

　　救援车第一次牵引，绳子拉断，车根本不动弹。第二次……又是失败。牧民甚至没了信心，抱歉地说可能无能为力，只能试最后一次了。

　　竹内亮知道，等到气温下降土层再结冰的明天，把握才比较大，可今晚怎么度过呢？

　　在这荒天绝地七八个小时了，如果无法尽快把车拉出来，何去何从？会不会冒出几只藏狼？

　　一瞬间，竹内亮甚至觉得生命将会在此终结，难道刚才车上的玩笑会不幸"一语成谶"？

　　一切都是未知数。

　　当竹内亮几乎陷入绝望的时候，牧民们没有放弃，他们不知从哪儿搬来粗大的枕木，踩着烂泥往车轮下垫，再四处塞木板。

　　一切准备就绪，最关键一刻，只有一次机会。

　　救援车发动，所有的目光注视后面的车轮，

哇，动起来了……

"太好了！太好了！太好了！""太激动了！"大家欢呼雀跃，可可如释重负。

竹内亮伸出"胜利"的手势，兴奋得像孩子一样，拉长腔高喊："真的太好了！""我们有救了！""我要哭了！""厉害！"

拥抱，欢呼，还有哽咽着说"感动"，一个个流下眼泪。

第一次做客蒙古包

车，终于回到路上。

"谢谢师傅，你救了我们的命，真的！"竹内亮向同车的一位牧民真诚致谢，打听他的名字。

"索南旦真。"这位牧民年轻英俊，怀中还抱着个男孩，他可能是从家中急忙赶来救援的。

竹内亮感到诧异，空旷的草原没见一间房子，"救星"从哪里来的？

索南旦真说，他们搭帐篷住。

竹内亮想起来时路上见过蒙古包，一问，正是索南旦真家的，萌生了去他家看看的念头。

漆黑的夜晚，听得几声狗吠，路边出现蒙古包。

竹内亮第一次进蒙古包，那么高大，那么宽敞，一圈金黄色壁画装饰之下，摆了床榻、柜子、条桌、长椅、茶几，中间是火炉和台案，家的气息温暖涌来。

竹内亮对几位牧民深深鞠躬，再次表示感谢："你们救了我们的命，真的。"

牧民们只会朴实地笑着说"没事……没事"，可他们的衣服上满

是泥浆。

　　索南旦真捅开炉子升温，一位牧民提来大壶奶茶，竹内亮喝一口，热热的，脱口称赞："好喝，生命水！"他的身体早被冻得凉凉的。

　　女主人端出藏族食物青稞粉，还有刚做好的酥油。

　　竹内亮学着索南旦真搅拌酥油茶，两位牧民瞧他笨拙的模样，嘿嘿憨笑。

　　索南旦真一家四口，两个儿子，大的在离家数百公里的镇子上小学，小的在一旁玩爸爸的手机，喝妈妈喂的奶茶。

　　温馨的场面感染了竹内亮，他打趣问索南旦真："当初怎么认识老婆的？"

　　索南旦真害臊得直挠脖子："以前……我们放羊的时候遇到的。"

　　竹内亮："哈哈，真的吗？放羊的时候碰到老婆，好浪漫！"

索南旦真不想离开家乡

索南旦真的日常生活一定有意思,竹内亮与他相约明天再来做客。

第二天,竹内亮发现,索南旦真的蒙古包就在沱沱河沿岸,只是昨晚掩没在夜色之中。一般而言,牧民离不开水源,人逐水而居,牛羊逐草而食。

索南旦真就是一位牧民,靠养牛羊为生。

河岸空旷的草地上,一大群羊在欢快奔跑,奔过来,跑过去,自动变换队形,不知有谁在"指挥"。这1000只左右的羊,构成了索南旦真家的主要财产,每只羊养两年多后能卖出1000元。

竹内亮稍微计算一下,如果一切顺当,索南旦真家的日子可以过得不错。

索南旦真不在蒙古包里,他去了河边,站在一辆小皮卡车上,用胶管往上抽水,打算洗昨天救援弄脏的衣服。

索南旦真家有了洗衣机,是他最近在赛马大会夺得冠军的奖品,第一次使用。

洗衣机摆在蒙古包门旁,电呢?

索南旦真带竹内亮绕到蒙古包侧边，那儿有6块太阳能板在草地上躺着呢。这里海拔约4500米，阳光照射强烈，非常适合利用太阳能发电。

竹内亮前看后看，真替索南旦真高兴："你们家什么都有啊，水电费都是免费的，不需要花钱。烧火的材料也有牛粪，好环保啊！"

竹内亮看到堆放干牛粪的地方停放着好几辆摩托车，便问："这是放羊用的吗？"

索南旦真说："摩托车不单单是放羊，如果牛丢了、马丢了，靠摩托车去野外四处找。"

竹内亮兴致大增，想看看索南旦真家的马，但马在山上自由野放好几个月了，不知跑到哪儿了，找它得一天呢。

索南旦真不会用洗衣机，由于没上过学也不识汉字，这个键那个键，竹内亮一个个教他操作。盖板打开了，昨晚参加救援的几位牧民把脏衣服扔进去，看着水花翻搅起来，一个个笑呵呵的。

闲下来喝酥油茶，竹内亮和索南旦真有得一聊。

不问不知道，这片看起来只有几座蒙古包的地方原是一个数百人的村庄，由于太偏远，几年前大家在政府的帮助下搬去了镇上。索南旦真因为要放牛羊，又没上过学，也说不好汉话，便选择继续留在这儿。现在他有点后悔，因为孩子将来要上大学，还是镇上的环境和条件有利于培养他们。

竹内亮问索南旦真："有没有想去的地方，比如北京、上海这样的大城市？"

沱沱河的索南旦真与中甸河的茨姆不同，他回答不想去，原因还是"不识字，汉话说不好"。

可可鼓励说："不识字你也能赚钱，也能开车，手机也用得好好的，不识字有什么关系呢？"

下午，索南旦真说有一条河的水比矿泉水还要好喝，竹内亮拜托他带路去看一看。

路上谈到高原反应，索南旦真说他土生土长，在这里没有"高原反应"，下内地反而会有"平原反应"。他说得像绕口令：反正晚上睡，白天睡，啥时都在睡，一直在睡，人也没什么精神。他还说，到内地嗓子也疼，空气有污染，所以喜欢这边特别干净的空气。

来到河边，哗哗流动的水，真的好洁净，怪不得索南旦真不想离开家乡。他拎着两个蓝色大号塑料水箱，带着铝制的大勺子，把"比矿泉水还要好喝"的水打回蒙古包。而蒙古包旁的水，由于有人居住，有羊要放牧，只用来灌进洗衣机。每隔几天，他都来这里打一次水。

竹内亮捧一口水，喝起来有一丝甜味，"好喝，跟矿泉水一样。"

小河从雪山汩汩流出，汇入沱沱河，最后汇入长江。

两人坐在草地上，索南旦真怀里偎着孩子，挺滋润的样子。

"没有想过要买大的房子啊，或者……"

"不要，就忘不了这个地方、这儿的牛羊。"

索南旦真沉默一会儿，有些动情地说："这个地方，嗯嗯，那个叫啥，我也说不上呀……"

竹内亮请他用藏语表达，他神情变得庄严，流利地说了一大串，那意思是："这边山清水秀，我舍不得离开，我从小就在这边长大。这里环境好，水质清澈，空气清新，所以我不想离开。我在这边生活得很舒服，就想一直生活在这里，直到生命的终点……"

索南旦真的脸上，满是对这一片大地的深情；而怀中的孩子，虽然被他紧紧搂着腰，却不安分地拍打双腿，自得其乐地发出欢叫。

第二天早上，索南旦真掀开门帘，送竹内亮出蒙古包。

兄弟，告别了！两只大手紧紧握在一起，觉得还不够，又用藏语再一次互道"再见"，索南旦真眼中闪烁泪花。

竹内亮因荒原困境的缘分，与索南旦真奇特相遇，真心希望他这种来自大自然馈赠的淳朴生活可以在沱沱河边永远继续下去。

终于拍到了第一滴水

再遥远的长江源头，也阻挡不了勇敢的跋涉者。

ZAIHUI CHANGJIANG

长江源地区位于青藏高原的腹地，水系呈扇形分布，东西长 400 余公里，南北最宽处 300 余公里，共有 40 余条河流。主泓为沱沱河、当曲、楚玛尔河、布曲、尕尔曲等 5 条。1976 年根据长江流域规划办公室（现水利部长江水利委员会）提出的考察报告确定沱沱河为长江正源后，水系则主要由沱沱河、当曲、楚玛尔河组成。

竹内亮旅程的最后，一个脚印一个脚印向前延伸，终于抵达玉珠峰脚下，探访长江源的第一滴水。

天空蓝得像宝石，没有一丝杂质，雪峰则如披着婚纱的新娘纯洁如初，在环绕的白云下静静等候爱人。

"哇，终于来了！冰川，你好！"

玉珠峰为昆仑山东段最高峰，山峰顶部常年被冰雪所覆盖，粒雪盆以下冰川由于气温逐渐升高，融化快，降水少，消融大于累积，属消退型大陆冰川。冰川总面积190平方公里，冰川平均长度5.7公里。

到这里，竹内亮明显感觉海拔高了，有些力不从心，不断叮嘱自己"慢一点""坚持住"。

"冰川，第一次看到，感动！"竹内亮手指雪峰，喘着气，喃喃自语。

俯身仔细察看脚下，这之前满地也是冰川的，痕迹很明显。地球升温，冰川退得越来越远，的确是一个不争的事实。

竹内亮朝前走，一条小溪蜿蜒而来，哗哗冲刷石块，多情地抖动晶莹的翅膀，这里那里闪烁无数的银光。他不由蹲下身来，捕捉一缕银光："最纯粹的冰川的水啊！""很不可思议的感觉！"

全长346公里的沱沱河，就是一条由冰川融化汇成的小溪，水面两大步可以跨过去，水深至多也只没到小腿，看似微小却浩荡奔流，从这里开始奔泻到上海，汇入大海。

在世界著名的河流中，唯有长江的正源是冰川河，竹内亮有幸亲临这条冰川河。

竹内亮依然要捧几口水，向着天空的太阳大声宣称："好喝，太好喝，百分之百纯净，一点杂质都没有！"

玉珠峰　终于拍到第一滴水

小溪边缘，有地方给人以朦胧的感觉，竹内亮伸手一捞，呵，一块薄薄的大冰凌形如"雪蝴蝶"，他扬起来欣赏："漂亮！"

一连咬吃三口，竹内亮感觉冰凌"很纯粹"："特别纯粹，一辈子不会忘记这个味道。"

循着冰川继续走，竹内亮走了好几百米，目的地伸手可触。

可看起来很近，实际还遥远。

慢，慢，走一步，歇一会儿。

竹内亮的身子沉重起来，步子迈不开，一座无形的"山"拦在眼前——高原反应，该死的高原反应，缠住他最后的脚步。

竹内亮的体力明显跟不上了，他咬牙给自己打气，可气有点接不上了，他问身后的摄影师徐亮："你觉得有点远吗？"

徐亮用无人机测了，距冰川还有600米，依竹内亮出现的状况，肯定走不过去。

600米？竹内亮喘气更厉害了，一霎时真叫"进退维谷"，想打退堂鼓，又不甘心第二天再来——世上没有比这更纠结的了。

团队伙伴劝竹内亮不要逞强，喘不过气就回来。

"第一滴水"，竹内亮的心心念念，哪舍得失之交臂？

时间不等人，年轻的可可说他还没出现高原反应，让年长的"亮叔"留在原地盯着，自告奋勇朝冰川走去，争取抢在日落之前将"第一滴水"拍回来。

目送可可远去的背影，竹内亮祈祷他安全往返。

30分钟后,可可终于抵达冰川融雪之处。
　　冰川覆盖坚硬的岩石,冰柱像巨大古树的裸露根系伸展着,又像时光老人的浓密胡须悬垂着,一根根静静等待了亿万年。那"牛角尖"最尖端慢慢沁出水珠,一滴又一滴,一滴又一滴,以最原始的姿态缓缓滴落,无声敲打向往它的无数心扉……
　　10年前的竹内亮因时间紧张没能拍到"第一滴水",如今又由于高原反应不得不半途止步,但他长久凝结心头的愿望由团队年轻的伙伴替他实现了,再也没有遗憾。
　　从上海崇明岛入海口,到沱沱河"第一滴水",时隔10年,竹内亮再次走完长江6300公里的旅程。
　　两次全程走完长江的日本人,大概只有他一个吧!

从这个角度讲，竹内亮无疑超越了他的前辈芥川龙之介和佐田雅志。

为什么竹内亮如此钟爱长江呢？

大概因为透过这一条巨川，可以非常清晰地展现中国自然人文的辽阔气象，可以非常典型地呈现中国经济高速发展的宏大图景。中国这十年的变化，长江这十年的变化，又一定能给全人类带来感悟与反思。

10年或者20年后，竹内亮还想第三次挑战"长江之旅"吗？

届时，长江会以怎样的姿态展现在大家面前，现在无从得知。而长江所具有的神秘与深奥，长江所释放的能量与热忱，正是长江最大的魅力。

竹内亮，一位"南京女婿"，也可以说是一位"长江女婿"，他对长江一往情深，一辈子将与长江依依不舍、难分难解……

杨 林

"和之梦"顾问,CCTV、NHK摄影师。

代表作品

《再会长江》《走近大凉山》《中国铁路大纪行》《新丝绸之路》等。

> 时代和发展消除了隔阂,也许这才是生活该有的样子

摄 / 影 / 师 / 手 / 记

  2010年一部日本NHK的关于中国题材的纪录片《长江天地大纪行》在日本引起了不小的反响，让很多普通日本民众对真实的中国有了更多了解，十几年后的今天，当时的导演竹内亮又再次以长江为主线，拍摄了一部《再会长江》，寻访10年前的人，重走当时的路，感受各种变化，发现更多的故事，以最平实的视角展示了中国这十几年的变化。

  这部纪录片在网络上传播后反响更加强烈，得到了很大的关注。我作为一名参与了这两部纪录片拍摄的摄影师，真的感到非常幸运，能在自己的职业生涯里，参与拍摄了这样非常优秀的作品。

  两部片子的很多主人公都给观众留下了特别深刻的印象，可能其中最深刻的还是香格里拉那个藏族姑娘茨姆，我在这给大家分享下我们拍摄茨姆的一些幕后故事。

  2010年，我们《长江天地大纪行》摄制组一行四人——竹内、冬冬、刘老师（当时竹内几乎不会中文，刘老师负责协调拍摄和帮竹内翻译中文）和我，转场进入香格里拉。大家一定会觉得，当时NHK的大型纪录片怎么就这么几个制作人员呀？其实我们有两个组，还有一

组人马是专门负责航拍的,有一个日本摄影师。当时没有无人机,航拍非常困难,还要协调政府许多部门。两个组大多数时间是分开拍摄的,竹内导演两边跑。

竹内和刘老师早就提前到过香格里拉,调研、勘景、选主人公、找故事。我还记得,当时找的主人公是一家在纳帕海边养马的牧民。旅游开放了,从前养马是放牧,这时养马是搞旅游——大概是这样一个故事,我们心里也做了关于这个故事的各种预判。

我们一辆车四个人进入香格里拉后,第一个经过的景点是"天空之门"——这个名字是后来旅游的人多了,有人起的吧?其实就是为了放牧,不让牛羊乱跑,砌起来的一堵墙,中间开了一个可以走人的便门,安了两扇铁皮门。因为地势高,人站在门中间,背景是湛蓝湛蓝的天空，拍照的人多了，就起了个名字叫"天空之门"。

我们下车，准备拍一下冬冬进入香格里拉后站在高点看到全景后的反应，也许可以记录下他刚看到如此美景的第一感受。我们穿过那两扇铁皮门，面前的景色的确很美，蓝蓝的天空，绿绿的草原，平静的湖泊，祥和的村庄。我们一通常规操作后，准备上车继续赶路。突然发现一扇铁皮门的后面坐着一个一身藏族服饰、抱着一只小羊羔的姑娘，因为那里风特别大，她脸上戴着口罩，正看着我们几个她认为的旅游者在拍摄。冬冬过去和她聊了一会儿，我们也知道了她的大概情况：她叫茨姆，住在下面的村子，来这里是抱着小羊羔和游客合影的，一张照片5元钱。她也对我们很感兴趣，问我们是不是来旅游的、为什么要拍摄、冬冬是不是明星之类，眼神里充满了对未知世界的向往。她问我们的问题，可能比我们问她的问题还要多。一直到这里，其实也就是最平常不过的一次偶遇和记录拍摄吧。

临别的时候，冬冬对茨姆说："咱们聊了半天，可以看看你的样子吗？"茨姆慢慢地摘下了口罩。我估计当时我们几个人心里的感觉可能是一致的，好像只能用一个感叹词吧：哇！大家都被她的模样打动了。漂亮，可爱，清澈，单纯……不得不用这些简单的形容词来形容吧？当时的景色、环境、她的模样、周围的声音，甚至吹在脸上的风……大家觉得这样一个姑娘和这样的自然景色才是最好的融合。

我们上了车，竹内好像就说了三个字："就拍她。"这样的突然决定，其实是会对拍摄有很大影响的，之前的安排都得改变，但我们四人几乎都没有犹豫，也没有任何的意见和讨论。虽然还没有开始正式拍她的故事，但我们都能感觉到，我们找到了一个难得的好主人公和故事。

说到意见和讨论，我们在拍摄茨姆的过程中也有过一次。拍摄快结束的时候，冬冬提出来，是不是可以带着茨姆去上海看看，因为茨姆当时根本没有去过香格里拉之外的任何地方，外面的世界到底是怎样的，对于她来讲充满了太多的新奇。

竹内和冬冬都觉得这样很好，既达成了茨姆的一个心愿，呈现出来的节目效果又好。可是我表示坚决反对，我的理由是：我们是拍摄纪录片的团队，我们的工作是真实的记录和呈现，不能因为我们的介入改变任何人的生活。更何况，如果让茨姆一下子到上海那样一个最喧嚣、充满着现代感的大城市，和她自己的生活反差太大，会不会影响到她日后对家乡的看法、对自己生活的选择，这种变化存在很大的不确定性。

竹内和冬冬的看法是，带茨姆去上海不是出于拍摄目的，完全是因为我们已经是茨姆的朋友，是朋友与朋友之间的一次真诚邀请，即使会给茨姆带来变化，那么这种变化也许是正面积极的变化呢。最后，我们还是少数服从多数，决定邀请茨姆来上海一起拍摄。

现在回想起这件事，也许我、竹内、冬冬当时都没意识到一点：没有我们走入茨姆的生活，也一定会有别人走入她的生活，去给她展示一个她并不了解的世界。她的想法一定会改变，让她变化的不是某一个人，而是一个变化的时代。我们最大的欣慰是看到十几年后茨姆的确变化非常大，但在她身上一直能感受到当年那个淳朴的、善良的、乐观的、积极向上的茨姆。

就我个人来讲，10年前那次拍摄和10年后这次拍摄，哪一点感受最深？我想可能就是拍摄结束后大家告别时的心情吧。10年前拍摄完香格里拉，离开的时候心情很复杂，好像有太多的感慨。觉得为什么人的命运会差别那么大，我们是不是还有机会重逢，茨姆今后生活会是怎样？自己没有意识到，但多少可能有一种居高临下的感觉吧，觉得自己生活在一个相对现代、相对优越的环境，去感慨那些生活在相对封闭、相对落后中的人。虽然这种感慨可能是善良的，但总觉得好像哪里不对。这次拍摄完离开香格里拉，这种所谓的感慨没有了，分开后心情很平静，我们和茨姆之间几乎已经没有了距离感，大家都过着一样的生活，更像自己生活中的朋友。

时代和发展消除了隔阂，也许这才是生活该有的样子。

王可可

2014年进入影视行业，从事摄像、剪辑工作。2018年加入"和之梦"，任职编导、摄像等工作。

代表作品

《走近大凉山》《再会长江》《速食物语》《我住在这里的理由》《南京抗疫现场》等。

> 伟大不分职业，只关乎个人的价值

摄 / 影 / 师 / 手 / 记

2020年的时候，亮叔突然决定启动拍摄重走长江6300公里的纪录片，因为10年前的《长江天地大纪行》差不多是2010年开始筹备、2011年正式拍摄的，正好相隔10年。这10年里，不仅亮叔自己，整个中国、整个世界也发生了巨大的变化。因此《再会长江》也在这个契机下正式开始准备。

因为之前拍摄了《走近大凉山》，在"和之梦"有一个约定俗成的"刻板印象"，就是一旦涉及美食或者跋山涉水项目的时候，亮叔第一个想到的肯定是我。他会下意识觉得男孩子比较能吃苦，所以这个项目一开始就决定让我来推进，把办公室的女编导们羡慕哭了。其实不管男女，大家只要喜爱纪录片，这点苦根本算不得什么。

2021年8月左右，我和摄影师徐亮第一次去踩点，前往的则是长江源头——沱沱河。我是第一次上海拔4000米以上的高原，刚踏上青藏公路的时候，就感受到了大自然的威严，高原反应让我经常处于一个浑身发冷酸痛的状态，夜晚更是难以入眠。第一次翻过昆仑山垭口的时候，看到海拔5000米的路标时，内心无比激动。到达可可西里保护区的时候，整个人兴奋得治好了"高反"，那些只能从纪录片中看到的风景和动物第一次呈现在眼前的时候，那种激动难以表达。

青海踩点时涉及三个区域：第一个是沱沱河边唐古拉山镇，第二个是可可西里自然保护区，第三个就是位于青海玉树的通天河段。正式拍摄时是在10月份左右，天气已逐渐转凉，在完成了沱沱河及可可西里保护区的拍摄之后，我们决定放弃通天河的部分。其实，一个沱沱河的故事就已经足够深入人心了。

在沱沱河的拍摄现场，令我印象最深刻的无疑就是陷车的那部分。也许观众不一定能完全看明白，开进冻土陷车的司机就是我本人，在亮叔已经下车探路的情况下，我还是过于自信地把车往前开，从而导致了后面那么多的故事，可谓是"因祸得福"，但这个事情也令我害怕了许久。我们在现场滞留的时间足足有8个小时，救援失败了两次，而每一次失败，则让我们的心情从紧张、期待到失望，甚至到跌入谷底。牧民朋友也说了可能帮不了我们，只能试最后一次。我不敢想，如果那最后一次没有成功，那天晚上我们该怎么办？后续的拍摄该怎么办？毕竟那个地方就算找专业的救援队，赶过来可能也需要两天。高原上空气稀薄，晚上更是极寒，甚至会有野兽出没。只能说一切都是最好的安排，给了我们一个电影版的结局。

同样的冲动，在拍"第一滴水"的时候也是，我特别坚决地决定一个人前往"第一滴水"的位置。当时主摄影师阿浩因为高反没有办法跟拍，另一个摄影师徐亮要负责航拍，所以只能由我跟着亮叔前往"第一滴水"的位置。看着只有两三公里的路，我们走了将近一个小时才到达一半的位置，也就是片子里我们分开的地方。当时距离日落大概还有一个多小时，如果当天拍不了，就得开很久的车返回格尔木，第二天再开很久的车过来。所以，我一再坚持我可以一个人去拍摄。但是由于体力和人员的原因，我没有带足够的器材前往，所以大家看到的滴水的画面都是后期稳定过的。我到现在还记得每拍一个镜头，我都需要屏住呼吸尽量保证稳定,拍完后大口大口地喘气。周围静悄悄的,我的呼吸声和心跳声能很清楚地听到。而返回的路上,天几乎已经完全黑了,我趁着仅有的月光摸索着回去的路,而亮叔依旧在原地等我。虽然成片被亮叔夸了,但是和所有人会合之后,我被大家严肃批评。后来想想,如果是我的团队里有人冒着生命危险去做这个事情的话,我估计也会生气吧,毕竟没有什么比生命更加宝贵。

下面来说说香格里拉段的拍摄吧。这里是我们正式和10年前主人公见面的开始。其实亮叔和茨姆在拍摄前就已经联系上了,但是为了保持新鲜感,亮叔只告诉了茨姆打算再来拍摄,但完全没有问她的近况,所以对于她开民宿这件事情,他是一无所知的。而且,来香格里拉也是完全瞒着茨姆的,为了不让她有所准备,包括成片里我们一路问路人的情况,也都是真实发生的。

但是,在抵达香格里拉前,亮叔犯了一个低级错误。我们从丽江下飞机开车前往香格里拉,兴奋的亮叔在丽江发了一个朋友圈,让茨姆意识到我们可能要来了,她还特地给我发信息问是不是要来香格里拉了,我赶紧否认:"没有没有,我们路过丽江要去别的地方。"我到现在也没问过茨姆,当时她是不是真的相信了。

在第一次见面的时候,茨姆的妈妈激动得哭了,茨姆和亮叔也忍不住落泪,让所有人印象深刻。但是我们摄影师也激动坏了,太过于沉浸于故事中了,因此单机位拍摄了很多特写镜头。事后我们也有过争论,对视频呈现的观感,还有是否会打扰到被拍摄者,我们展开了激烈的讨论。我还是认为那个时候应该保持距离,哪怕没有拍到那滴泪水也无妨。当然什么样的方式去展现都是可以的,观众能够切切实实感受到当下的真情实感是最重要的。

关于茨姆的故事，看视频就好了。而茨姆是不是真的跟视频中展示出来的表里如一，那就真的只有和她接触过的人才知道了。我作为和她因为拍摄接触比较多的朋友，认为茨姆真的表里如一的美丽善良和热情。我们并没有因为是拍摄兼老友的关系，就受到茨姆的特别招待，我们吃的美食、住的房间，其他住客一样是可以享受到的。而我们也同其他住客一样，住宿吃饭也付钱了。茨姆坚持不要，但是亮叔坚决表示要支持她的创业，可以打折，杜绝免费！这确实不像导演以往的作风（蹭吃蹭喝蹭住的人设）。

成片播出后，我养成了一个习惯，那就是隔三差五地去茨姆酒店的主页评价里看一看，能看到不少的住客都是因为我们的节目而选择了她的民宿，几乎所有住客的感受和我们一样，受到了茨姆一家人的热情款待。所以说，她是真的做到了表里如一，希望她能不忘初心地继续坚持下去。

在最后一集，我们把茨姆邀请到南京，亮叔的初衷是应该带茨姆见识一下江浙这边的酒店民宿，同时他觉得茨姆应该没有到过汉族人家里做客。事实果真如此，到南京的茨姆，从始至终都是兴奋的状态，如同10年前一样。不同的是，10年前只有摄影师纪录，这次茨姆举着手机几乎就没有停过，也不知道她的内存够不够。

可能是因为在服务行业扎根许久的原因，茨姆给我的感觉有时候还是太客气了。也有可能是出于对陌生环境的畏惧吧，茨姆在南京几乎不提任何要求，无论是吃的还是住的，我们都有点担心招待不周。她提出的唯一一个要求就是到高的地方看看，就像10年前去上海的100层高楼一样。可惜的是，那段时间正处于特殊时期，本该开放的观光型高楼暂时关闭了。在紫峰大厦的楼底下，茨姆和10年前一样发出了惊叹："哇，好高啊！"

观众喜爱茨姆的纯真和努力，我则希望她不要受到过多网络时代的影响，认真地做好自己就行。

告别香格里拉，我们回到丽江，见到了长江第一湾的那个小男孩寸耀辉，10年后的他完全没有了当年的灵动活泼，更多的是经历了社会洗礼后的成熟稳重。亮叔拍摄完发出了一句感叹："他没有那时候快乐了，应该是过得不太如意吧？"虽然我们没有过多询问，但差不多作为同龄人，能够理解这个年纪所承受的压力。

丽江过后是泸沽湖，只能说，真的太美了，因为我们去的时候属于疫情中后期，旅游业还没有恢复过来，游客寥寥无几，这在丽江拍摄的时候更能感受到。所以，成片中才能展现亮叔和甄甄单独坐一艘小船"包场"整个泸沽湖美景的画面。当然会有人问，原本在船上的摄影师航拍里咋不见了？那当然是中途潜水了啊！（开玩笑的，摄影师中途下船去了岛上，无人机画面是特地在采访结束后补拍的）

再之后就是云南的最后一站——元谋。寻找芹会的过程远比成片中来得更辛苦，主要也怪10年前留的村子信息用的日语片假名，在不知道中文如何写的情况下，四处打听，加上本身就人迹罕至，寻找难度更加大。甚至有的人理解错了，给我们指了完全相反的方向。如果我们一开始就到码头询问餐厅主人的话，可能当天就能找到了。

新的以进噶村完全就是一派社会主义新农村的景象，家家户户二层崭新小楼，不少人家有了小汽车。原本留守村里没有工作的村民被集中安排在村后的蔬果大棚里干活，实现了真正意义上的脱贫致富。虽然对于很多人而言，建设大坝必然会失去家园，但是如果能够过上更好的生活，岂不是更有意义吗？

告别云南，下一站就是川渝地区了，这里的人民和我们没有太多的文化差异，能从他们身上感受到善良和质朴，令人印象最深的当然还是重庆的棒棒蒋师傅。

第一次帮蒋师傅搬货物的时候，整个摄制组基本都上阵了，尤其是摄影助理星宇，挑着担子就放不下来了。事后他解释是因为看到摄影师一直在拍，他就得一直挑着，挑着挑着就到了目的地。

在进入蒋师傅的出租屋的时候，我们找了许久，因为实在不起眼，藏在一个居民区角落的底楼，根本看不到阳光。但确实也无妨，毕竟他们每天都在阳光下辛勤工作。一开始进去的时候，遭到了蒋师傅室友的阻拦，大概是因为群租房的简陋以及违规搭建，害怕被我们曝光吧？亮叔跟对方斡旋了许久，加上蒋师傅据理力争，最终才顺利进入屋内。我在生活中见过太多的农民工朋友，蒋师傅和他们的生活并无两样。粗茶淡饭，勤俭节约，赚到的钱大部分都寄回了老家，靠着一个人的力量将一个小家慢慢养大，再养出几个小家庭，真的很不容易。我们的父辈跟他们一样伟大，伟大不分职业，只关乎个人的价值。尽管蒋师傅一再强调自己没有文化，只能当"下等人"，但他用双手养育了子女，让他们成为了所谓的"上等人"，这何尝不是伟大呢？

2023年我拜托摄影师去重庆寻找蒋师傅的身影，因为当时没有留下联系方式，所以只能现场找寻。但是得到的消息却是，蒋师傅已经很久不在码头了，而是回到了老家，多年的劳累加上年龄的原因，让他不幸患上了癌症。我不知道自己能够给予他怎样的帮助，希望蒋师傅能够战胜病痛，早日恢复健康，颐养天年。

整个长江走下来，让我也见识到了无数活生生的中国人，感受他们的生活，走进他们的内心世界，也会让我时常反思自己，是否有他们的热情和努力？尽管这部纪录片是从日本人的视角去看待中国，但是在中国生活了将近10年的竹内导演也算是半个中国人了，他看到的，也是我们所看到的：正在飞速发展的中国，正在越来越好的中国人。

熟悉我们的观众会知道，《再会长江》最早是网络剧集版，从青藏高原一路向东到达上海崇明岛入海口，历时两年时间，断断续续完整拍摄了将近一百天的素材。但是电影版，竹内导演在我们的设计师文偲的提议下，决定从入海口往源头出发，而初衷并不是为了什么宿命感，而是单纯地觉得，如果这个片子要给外国人看，他们一开始就看到青藏高原、香格里拉、泸沽湖、重庆等这些丰富有趣的内容的话，到了接近入海口的位置时，更多的信息类内容难免会让人困乏。出于这个目的，我们决定电影版倒着来，万万没想到，这样的剪辑方式成就了如此具有使命感的结尾，而我本人在结尾中扮演了非常重要的角色。

当时网络版第一集出来的时候，我第一次听到竹内导演录制的最后一句旁白的时候，浑身的鸡皮疙瘩都起来了，这么一个玩世不恭的日本大叔，深情起来的时候真的让人受不了。

对于我们这样的小制作公司来说，《再会长江》无论是作为系列片也好，还是电影版也好，都是一个巨大的挑战。我感激拥有这样的机会，参与到这么有意义的项目中。期待下一个10年，10后的主人公们还会有新的变化吗？10年后的中国又是怎样的呢？

徐 亮

纪录片摄影师，航拍摄影师（CAAC民航执照），2020年加入"和之梦"。

代表作品

《再会长江》《好久不见，武汉》《后疫情时代》《走近大凉山》《华为的100张面孔》等。

> 从拍摄对象到幕后工作者，大家都是鲜活真实的

摄 / 影 / 师 / 手 / 记

  首先，祝贺《再会长江》能够推出电影版，并在中日两国陆续上映，也恭喜亮叔"电影梦"心愿达成。从《长江天地大纪行》到《再会长江》，导演在中国10年的见闻和10年前的友人一同产生了奇妙的化学反应。

  没有"大纪行"就没有现在的"再会"，"再会"讲述的是长江本身和生活在两岸的人民10年的时代变迁，也赋予了它作为纪录片的人文价值。

  《再会长江》可能不是讲述长江最全面、最客观的纪录片，但它或许是大家能看到的最充满人情和时代感的长江纪录片。从2022年到2023年历时一年的拍摄，我很荣幸能够参与其中，与亮叔一路同行，记录6300公里长江两岸的人与事。同时，感谢前辈杨林老师、现场导演可可、阿浩（刘龙飞）和星宇一路上的帮助和照应，大家辛苦了。

  感谢导演的信任，从源头到上海，我几乎是全程跟了下来，拍到了很多有成就感、故事感的镜头，同时也反思总结了存在的问题。拍摄这部纪录片，对我职业生涯的帮助非同寻常。导演的拍摄向来没有台本，人数很少，行程很满且变数很大，对于这么一个大体量的纪录片，我大部分时间作为单机位及航拍的执行者，其实身体和心理压力是很大的，情绪难免会有波动。如何控制自己的节奏和心态变得非常重要，作为年轻的摄影师，这一路的收获和积累下来的经验十分难得。

一年的拍摄中经历的事件很多，想必看过片子的大家也感触颇多吧，在这里我不展开回忆了，就说一两个细节吧。

茨姆的故事是全片"顶流"，从"大纪行"中青涩懵懂的抱羊羔少女成长为"仁青茨姆美苑"的民宿主理人，就像片中杨老师说到的，她的世界观和思想也离城市中的我们更近了。我很佩服茨姆的勇气和生活态度，尤其是当你面对面和她交流的时候，貌似有一种沟通困难的假象，但她总是在倾听并把你所说的细节全部记下来，谈吐得体，落落大方，同她相处非常舒服。

片子中有一幕，是我们在纳帕海"天空之门"——茨姆当初抱小羊羔的地方，导演给冬冬打电话的场景。这一段我们拍了很久，导演一共打了三遍电话，前两遍冬冬没接，我当时就觉得"啊，可惜，估计不会接"。其实，我当时没怎么看取景器，而是一直看着茨姆的神情，我觉得她似乎已经察觉我们在干什么，她的情绪在慢慢地变化。我跟导演说再打一遍，如果冬冬接了效果倒还没那么好，我恰好拍到了她既期待又失措的眼神。那种眼神是演不出来的，我当时要的就是"那一下"，我看出了她内心的期待和美好。冬冬对于茨姆来说，是帮助过她的恩人，是一起在上海玩耍的朋友，当然也是她单纯喜欢的一个哥哥，10年未见，两人命运又即将交织的时候，无论是谁，我想都会暗生喜悦和惊慌的吧？

都说"川渝男人靠得住"，重庆"棒棒军"蒋师傅的故事虽然篇幅很短，但是足够震撼。我们没有特意去找他，也是在朝天门路边休息的时候，偶然碰见码头"棒棒"的。我在重庆生活过一段时间，所以比较了解。"棒棒军"被很多人视为"下力人"，没什么地位，可很多人又对他们充满好奇，因此大多数"棒棒"非常抵触镜头和采访。我当时就站在马路对面，开机录音，见导演聊得还不错，再慢慢跟上去拍，让他们适应下来。

面对不同的群体，我们首先要做的就是不要"做自己"，而是要放下包袱和成见，去积极平等地走近对方。和他们交流相处其实很安逸，他们耿直率真，脾气火暴但充满担当。他们一部分是因为没有文化而干苦力，也有很多是在老家闲不住，找个"活路"给儿女减少负担，其实就是一份工作，没有什么高低贵贱之分。我们在码头拍到的冲突场面，反映的就是这么个事儿，"下力人"被人看不起却从不低头，铁骨铮铮向不公斗争，为了生活奋斗。

从泸沽湖的天空之镜到往元谋寻找江边中学的艰难，从高寒缺氧的昆仑山到高温不下的重庆，拍摄这样一部纪录片是辛苦却美好的。团队因分歧有过争执不快，也同样因为星宇的意外"炸机"笑成狗，从拍摄对象到幕后工作者，大家都是鲜活真实的。以至于现在或是未来10年，每一次回忆起拍摄的经历，都会像长江水一般，滔滔不绝。

以上，祝《再会长江》票房大卖！

刘龙飞（阿浩）

摄像师，2018年加入"和之梦"。
代表作品
《再会长江》《双面奥运》《华为的100张面孔》《后疫情时代》《曾经红过的人》等。

只有切身经历过，才能感受到它的辛酸与美好

摄 / 影 / 师 / 手 / 记

转眼间，参加《再会长江》拍摄已经过去了将近三年。这段经历恐怕是我永远都不会忘记的，和亮叔、亮仔、大可四人的长江之旅充满了意外和惊喜。

出发去高原，我们的准备甚是仓促，买来的抗"高反"的药在临行前两天才开始吃，最终导致我在拍摄的货车上头痛欲裂，刚刚抵达第一站便和亮叔双双卧倒在宾馆，吸了两天氧气，这就有了第一集中的那一幕。大可拿着手机拍摄，亮仔哭着说话，谁也没想到刚开始就发生这种事，好在两天后身体恢复了一些，亮叔便抱着氧气瓶开始了接下来的拍摄。

《再会长江》的风格和以往一样，没有过多的事先研究、踩点及和主人公的联系，也许是因为亮叔拍过所以信心满满，我们也就秉持着"走一路拍一路"的想法，开始了这趟旅程，尽管过程累人，但每个人都很开心。

也许有人质疑在无人区陷车的那段遭遇是否故意为之，那可确实是谁都始料未及的。我刚拿着相机下车，想去前面看看情况，大可就一脚油门把车开了过来，最终导致陷车，节目效果拉满，但我们的心情呈阶梯式下降，最后跌到了谷底。我十分清楚地记得陷车之后，大可孤身一人爬到山坡上去找人、亮叔独自一人坐在沙地里遥望远方的样子。

无人区陷车是关乎生命危险的，在那之前亮叔还拿出手机录视频，让我们每个人说一下去无人区的心情。当时亮仔就说，要是我们回不来了，这就是我们留在这个世界上的最后影像。差一点儿就让他一语成谶了。好在"和之梦"的运气一直都还不错，我们都很庆幸那天有巡护人员经过，又恰好被我们遇到，不然后果真的不堪设想。

正应了那句——"大难不死必有后福"，巡护人员叫来了同伴合伙救援，眼看着日光渐弱，从亮白过渡到橙红，直至夜幕降临，其间拖车绳断了好几次。好在有命运之神眷顾，车被顺利地拉了出来，在那远离人烟的荒凉无人区内，我们一齐爆发出了激动的叫声。大可也因此流泪，他觉得是他把大家带到了危险境地，但没有人会去怪他。

接下来亮叔作为导演的思维便开始发挥，和救援人员攀谈，莫名其妙地就找到了主人公，第一集的素材就这么被一点点填充丰满。在庆幸之余，我想我们对生命也更多了一些敬畏。

但事实真的如此吗？之后前往冰川寻找第一滴水时，我因为体力不支中途返程留在起点等候，亮仔操控无人机拍摄，大可拿着相机和亮叔结伴前往更深更远的地方。从日出到夜幕降临，这两人是一点儿没吸取上次的教训，还把自己置身于危险之中，一旦迷路或是出了其他意外，估计神仙难救。我和亮仔在外面举着手电筒给他们提示方向，被高原的寒风吹得瑟瑟发抖。他们两人顺利回来后，被亮仔又臭骂了一顿，但他们如愿以偿地拍到了那无比珍贵的画面。

生活应该就是这样，在一次次的意外和未知中收获不同程度的喜悦和感激，就像长江一样，你永远不可能详细描述沿途风景，预知自己会遇到的人和将要发生的事，只有切身经历过，才能感受到它的辛酸与美好。

陆星宇

2021年加入"和之梦",担任剪辑/后期/摄像/摄助/灯光等工作。

代表作品

《我住在这里的理由》《再会长江》《跳槽吧导演》《2500万分之43,记录43个上海故事》等。

时隔一年突然叫我写手记,对于全队唯一文笔不好且不写日记的我来说,实属难办。前前后后抓耳挠腮思考了许久,突然有一天翻看手机,发现了一些东西,一个只有我能写的文字。

作为一名随行技术人员,我在这次项目中主要担任辅助职责,简单地说——啥都干。然而,在众多任务中有一项是本次手记的重点,那就是在拍摄允许的情况下拍摄工作照。要不是它,我这个写作困难户可能没法洋洋洒洒几百字,给大家带来精彩的内容了。

接下来,就让我通过拍摄的一些照片,来展现一位技术人员的视角,给大家看一段《再会长江》镜头外的世界(因为不是日记……可能时间、地点、内容有点闹不清了,还请大家原谅)。

照片中的两位想必大家都认识,我们仨早于亮叔几天提前踩点到了丽江。徐老师说我们仨就像唐三藏的三个徒弟,于是可可同学拿起了我的登山杖摆起了 pose,我拿出了手机记录下了《再会长江》拍摄组的第一张工作照。

摄 / 影 / 师 / 片 / 场

不愧是丽江!清晨的朝阳太美了,这些都是我用自己的 iPhone 手机拍摄的照片,简单处理了一下而已。

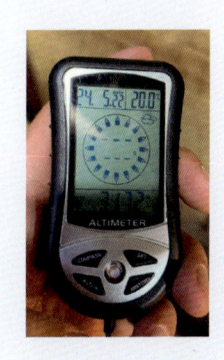

抵达香格里拉,高度 3172 米。这是我用随身带的海拔温度计记录的当时的海拔。虽然不是第一次上高海拔地区,但一路上酒店里不合适的枕头导致我的颈椎病犯了,加重了我的高原反应。头痛。

为了拍摄日出,不到六点我们就已经在山上等待。照片中是努力工作的徐老师(他的帅照一半出自我手,嘿嘿)。

摄制组在纳帕海旁合影留念。

当晚趁着亮叔不在，我们点了一份藏牛肉火锅！哈哈哈哈（味道一般）。

纳帕海美景（手机无法展现全部的美）。

剧烈的头痛让我寝食难安，没办法只能找了一家推拿店救我老命……（花了一百块按得挺舒服，但是头该痛还是痛啊……尴尬）。

不知道各位还记不记得这是哪里，我们到达的第一个晚上（早上刚刚拍了朝霞，晚上还得熬夜拍星空……）。到这里，我们整部剧里最重要的部分就踩点结束了，是时候让亮叔登场了。

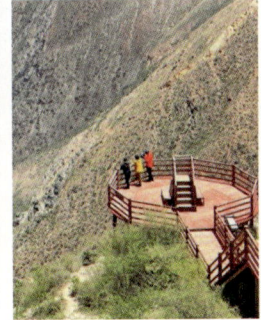

第一湾！杨老师突入！作为亮叔当年一起拍摄长江的搭档，如今重走长江路，而手里的相机早已交接给年轻人之手。

危险作业！请勿模仿！为啥给徐老师绑个绳呢？那是因为山谷风太大了！我十分担心徐老师被风吹走……虽然他本人说没事，但作为助理，我还是给他绑了两道绳子固定在护栏上。下面就是滚滚长江水。

回到旅店，发现客人留下的气罐，于是我掏出了自己的锅和炉子烧水冲咖啡喝。

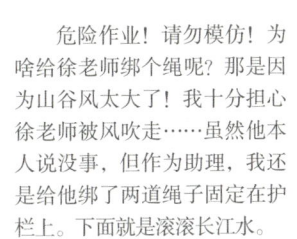

啊哈，我们熟悉的小羊！

这是亮叔在见到茨姆入住她的酒店之后拍摄的一段采访，杨老师和亮叔十分感慨（片中限于篇幅，部分镜头未放出）。

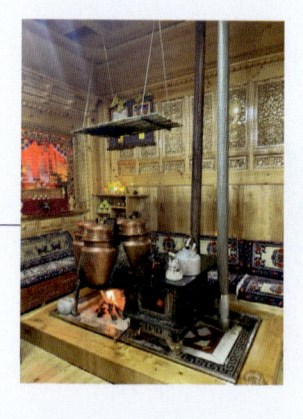

茨姆家的炉子！好帅！（不过木质结构里有炭火……好想吐槽）。

远望松赞林寺。

彩虹！

放飞无人机的徐老师。作为专业摄影师,徐老师工作的样子也是绝对专业!

拍摄结束准备返程时,我看到阳光照到我们的车上,甚是好看。

太完美了,不是吗(完全没有后期处理)?

返程的路上，我接到了我母亲的电话。她告诉我，我的姥爷刚刚走了。我冲下车当着所有人面哭了……在这里非常感谢大家的安慰，谢谢大家！

我决定回家几天，坐在返程的飞机上，我希望我的姥爷也能看到这美丽的景色。

很遗憾在我回去的几天中，他们完成了泸沽湖的拍摄。那里很美，有朝一日我要自己去一趟看看。

摄影师片场

为了建设大坝而迁走的村庄遗址。

大自然的鬼斧神工！

说到元谋，最令人着迷的景色莫过于此。土林，又是大自然伟大力量的展现。整个土林景区就像异星球一样，令人着迷。

摄影师片场

干涸的河床。

在好心人帮助下，我们再次踏上寻找的旅程。

再一次扑空，无奈的亮叔坐在江边凝视着远方。我亲爱的友人，你究竟在何方？

228

火烧云，十分美丽。

兴奋的摄制组，哈哈哈哈。

混在年轻人群中的亮叔，偷乐的可可。

危险操作！请勿模仿！敬业精神我懂，但咱不能危险拍摄啊。

摄影师片场

国窖 1573，竟然可以进入核心区拍摄，一进门一股浓浓的酒香扑面而来。

我有幸尝到了刚刚蒸馏出来的国窖原浆！够劲！很可能光顾着喝了，没拍照（听说那一杯就很贵很贵很贵很贵……）。

著名"无人机失事"地——宜宾市的白塔……我们就是在这儿拍夜景时炸机的。如果大家还记得花絮的话，我也是在这儿卡在了树上（汗）。

向家坝水电站，是金沙江水电基地最后一级水电站，"西电东送"的主要骨干。

到重庆啦！亮叔不能吃辣！为了照顾他，我们一口重庆火锅都没吃上！太气了！跺脚！

重庆街拍，壮哉我大重庆！

摄影师片场

我们在最热的一年去了最热的地方，结果就是如图所示……同事一度怀疑我戴上了黑丝手套！

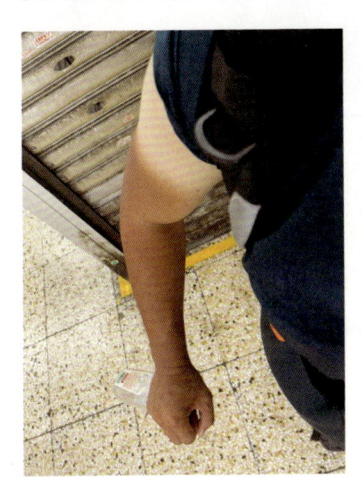

船长的大船！！！帅啊！

在奉节，为了拍摄空境，我们驱车来到了瞿塘峡两岸的山上。神奇景象发生了，山下非常正常的天气，山顶却滚滚浓雾，冰雪覆盖（标注：第三次长江拍摄时所拍场景，时间是2023年的2月末）！

到达石首。

到岳阳了。我的天啊,比我手还大的无人机电机……第一次见到。

你们敢相信这是我住的房间……累了,无所谓了,放弃思考了。

黄鹤楼上。

好久不见,武汉!吃着热干面喝着豆奶的亮叔。

摄影师片场

回到南京了，兴奋的徐老师和在燕子矶滩头的亮叔。

很遗憾由于实在太忙，优先工作，没办法拍摄更多照片。很多美景和趣事无法展现。最后给大家看看负责后勤保障的我每天需要给多少设备充电……然而这只是冰山一角。

最后，还是要感谢大家的支持，给予了我这次机会。一路走来，丰富了我的人生、拓宽了我的视野、教育了我许许多多。长江之行是我宝贵的人生片段之一。谢谢大家，有缘再会！

图书在版编目（CIP）数据

再会长江 / 和之梦著；罗建华撰稿．
-- 武汉：长江出版社，2024.5
ISBN 978-7-5492-9451-0

Ⅰ．①再… Ⅱ．①和… ②罗… Ⅲ．①电影文学剧本
－中国－当代 Ⅳ．① I235.1

中国国家版本馆 CIP 数据核字（2024）第 098615 号

再会长江
ZAIHUICHANGJIANG

和之梦 著　　罗建华 撰稿

出版策划：	赵冕　冯曼曼　张琼
责任编辑：	李海振　冯曼曼　朱舒　郭利娜
装帧设计：	彭微　李婕
出版发行：	长江出版社
地　　址：	武汉市江岸区解放大道1863号
邮　　编：	430010
网　　址：	https://www.cjpress.cn
电　　话：	027-82926557（总编室）
	027-82926806（市场营销部）
经　　销：	各地新华书店
印　　刷：	湖北金港彩印有限公司
规　　格：	787mm×1092mm
开　　本：	16
印　　张：	16.5
插　　页：	5
字　　数：	180 千字
版　　次：	2024 年 5 月第 1 版
印　　次：	2024 年 5 月第 1 次
书　　号：	ISBN 978-7-5492-9451-0
定　　价：	88.00 元

（版权所有　翻版必究　印装有误　负责调换）